www.tredition.de

AF204288

Michael Beyes

Der Baukran hinterm Baum

Gedanken zur Zeit

www.tredition.de

Verlag und Druck:
tredition GmbH, Halenreie 40-44, 22359 Hamburg

ISBN
Paperback: 978-3-347-36250-5
Hardcover: 978-3-347-36251-2
e-Book: 978-3-347-36252-9

1

Ich sitze gerade am Schreibtisch, in unserem Homeoffice im ersten Stock, Südseite. Die Sonne wirft ihre warmen Strahlen an diesem Sonntagmorgen ungebremst durch die Fensterscheibe und trifft dabei direkt auf meine Brust, wie ein heißer Umschlag, der am T-Shirt kleben bleibt. Die Wärme breitet sich wohlig aus auf meinen Armen, geht weiter zu meinen Händen und wandert nach oben zu meinem Gesicht, so warm, dass ich mir schon Gedanken um den ersten Sonnenbrand im Jahr 2021, dem zweiten Jahr mit Corona, mache.

Kann man eigentlich im Moment etwas schreiben, ohne das Corona auf das weiße Blatt tropft, läuft und fließt, das Geschriebene und das noch zu Schreibende kontaminiert, beeinflusst? Ist nicht jeder Gedanke von mir, den ich in Buchstaben, Worten und Sätzen festhalte und aufschreibe, von Corona und seinen Mutanten durchsetzt? Bin ich noch Herr meiner Gedanken, oder hat Covid19 auch hier schon angedockt? Wer kann mir das sagen, wer weiß das, wie es sich mit der geistigen Ansteckungsfähigkeit des Virus verhält? Gibt es da eine Forschung und, wenn ja, hat man schon brauchbare, belastbare Ergebnisse? Kann ich die Möglichkeit einfach ignorieren? Ich versuche es, ohne Gewähr. Doch was wir dabei herauskommen? Ein Nichts? Ein Wunsch? Ein Verlangen? Nach was, nach Normalität?

Was ist Normalität? Wonach sehnen wir uns, gerade jetzt, fehlt uns etwas, was eigentlich schon immer, seit Menschengedenken, existiert hat?

Wenn ich so aus dem Fenster schaue, sehe ich den blauen Himmel, die Häuser in unserer Straße, ihre Dächer, teils mit alten und verwitterten Dachziegeln, oder neu gedeckte Dächer in leuchtendem Schwarz oder Rot, ein paar Garagen im Hintergrund und, dort wo sich zwei Giebel treffen und in der Mittagssonne ein leicht flimmerndes, blauweißes Dreieck aus Himmel und kleinen Kumuluswölkchen bilden, das auf dem Kopf zu stehen scheint, genau dort ragt vor ein paar hohen Tannen am Möglinger Berg ein Baukran auf mit leicht nach rechts geneigtem Ausleger. Die Farbe des Krans ist aufgrund der starken Sonneneinstrahlung nicht erkennbar. Gerade fährt ein Auto leise durch unsere Straße und dann ist es wieder ruhig. Der Kran steht auf einem Grundstück in einer Sackgasse, drei Straßen über uns in südlicher Richtung. Das Grundstück, in einer relativ neuen Siedlung, wenn man das Alter der Stadt Asperg zum Vergleich nimmt, knapp 50 Jahre alt, war lange Jahre unbebaut, nur ein Imker hatte die letzten Jahre ein paar Bienenstöcke darauf stehen. Jetzt ist damit Schluss und fortan wird sich dort, in naher Zukunft ein Haus erheben und neues, menschliches Leben darin wohnen.

Die Sonne ist mittlerweile so stark, dass ich leicht zu schwitzen beginne. Raumtemperatur beträgt inzwischen 24,1 Grad Celsius. Vier Wochen vorher bin ich hier mit voll aufgedrehter Heizung und Radiator gesessen, da die Heizleistung aufgrund eines technischen Defekts nicht richtig funktionierte. Damals betrug die Durchschnittstemperatur gerade mal 18 Grad Celsius.

Direkt vor mir, in einem Garten auf der anderen Straßenseite, steht ein Baum mit einer sehr schönen, anmutigen Silhouette, gleich rechts vom Baukran. Der Baum sieht aus, als ob er kurz vor dem Ausschlagen steht, ich kann es fast spüren, ja hören, wie hier das Leben wieder neu beginnt, wie sich die Säfte aus den Wurzeln nach oben bewegen, die Zellen bestimmte Informationen zum

Frühlingserwachen an die Spitzen der Äste und kleinsten Verästelungen weitergeben, um den Zeitpunkt des Durchschlagens der Knospen zu bestimmen, wenn alle Voraussetzungen, die dazu notwendig sind, von Seiten des Wetters dazu gegeben sind. Dann wird es nicht mehr lange dauern, bis sich das erste, zarte, noch scheue Grün der neuen Blätter nach außen drängt, die Rinde des Baumes an den dafür ausgewählten Punkten zu einem kontrollierten Aufplatzen bringt. Und dann, nach einer Weile, später, steht er da, der Baum, in seinem neuen Kleid, in der ganzen Pracht seines Grüns und der Blüten anno 2021.

Aber es kann auch schiefgehen, dann, wenn sich über Ostern plötzlich Frost ankündigt, und die zarten Triebe des neuen Lebens verkümmern lässt, und teilweise sogar zerstört. Dann wird der Baum in Nachbars Garten Narben davontragen, die sich unauslöschlich in seine äußere Gestalt einbrennen, Äste und Triebe vertrocknen und sterben lässt. Die gute Nachricht: Die Information des Wachstums, das im Winter tief im Innern des Baumes bewahrt und im Frühjahr jedes neuen Jahres wieder von Zelle zu Zelle weitergegeben wird, sie wird dafür sorgen, dass das Leben immer einen Weg findet, immer und immer wieder. Und das Leben auf der ganzen Welt sucht sich immer einen Weg, um ans Licht zu kommen, denn dieser Kreislauf des Lebens ist das wunderbare Kernstück der Natur, aus dem alles entsteht. Generationen von Forschern haben schon versucht, den genetischen Code des Lebens komplett zu entschlüsseln, gewaltige Fortschritte sind dabei bis heute gemacht worden, Dinge und Vorgänge in der Natur für den Menschen begreifbarer zu machen, Krankheiten zu bekämpfen, das Leben ein wenig verständlicher und angenehmer zu machen, aber der Ursprung, die Wiege, das Frühbeet der Menschheit und allen Lebens auf der Erde, der Flora und Fauna, ist dabei noch nicht endgültig entdeckt worden. Ich glaube, das ist auch gut so, und das soll auch so bleiben, die Geschichte mit den vermeintlichen Herrenmenschen hatten wir schon zur Genüge und kommt leider immer wieder. Denn, und die Frage muss gestellt werden, ist das menschliche Wesen überhaupt in der Lage dazu, mit so einem fundamentalen Wissen um den Lebenscode richtig umzugehen? Und was ist hier dann richtig oder falsch? Was würde passieren, wen wir plötzlich alles wüssten? Würde nicht in diesem Moment das Leben aufhören?

Draußen höre ich leises Vogelgezwitscher, seit langer Zeit ist bei uns unter dem Dach immer wieder ein Vogelnest, ich habe es noch nicht gefunden. Aber es beruhigt mich ungemein, mit anschauen zu dürfen, dass hier immer wieder neues Leben entsteht, bei den Tieren, den Pflanzen, bei den Insekten und nicht zuletzt bei uns Menschen.

Der Kran steht immer noch da, jetzt, vierzehn Tage später. Der Baum davor sieht aus, als wollten in den nächsten fünf Minuten tausend Knospen auf einmal aufbrechen, wenn er leicht von der Sonne angestrahlt wird, so, als ob er nur darauf warten würde, dass er den Befehl dazu bekommt. Die Sonne hat jetzt nicht ganz so viel Strahlkraft wie letztes Mal, als ich hier gesessen bin, doch in der Naturfängt es langsam an zu rumoren. Am Wunnenstein, bei meinen Bienen, zeigten heute Morgen zwei Forsythien ihr erstes, zartes Gelb, in der Ferne konnte ich an verschiedenen Bäumen schon ab und zu einen leichten, grünen punktuellen Schimmer erkenn. Nur die Weinstöcke in den Steillagen halten sich noch bedeckt und haben Angst, ihre zarten Fühler in die kalte Vorfrühlingsluft zu recken.

Ein Spaziergang wirkt noch wie der Gang durch eine karge Mondlandschaft, mit ganz wenigen Farbtupfern hie und da, soweit das Auge reicht. Doch das wird sich ändern, und zwar bald. Die Bienen finden den ersten Pollen des Jahres, haben sich aber ob der Kälte wieder in ihre Stöcke am Lerchenberg zurückgezogen. Nur ein paar ganz Mutige strecken ihre Fühler in Richtung Sonne. Bald, schon bald, begeben sich ihre Königinnen auf Hochzeitsflug, dann, wenn die Sonne etwas kräftiger und länger scheint, wenn die Botschafterinnen unter den Arbeitsbienen von ihren Erkundungsflügen in den Stock zurückkehren mit der Nachricht, die lauten könnte: Essen gibt es im Südwesten, 500m Luftlinie, Flugzeit zehn Minuten, oder so ähnlich. Dann fängt das neue Bienenjahr wieder an, und für den Menschen heißt es dann Angrillen für die Saison 2021.

Doch was heißt das im Hier und Jetzt, im zweiten Frühling der Coronapandemie? Letztes Jahr um diese Zeit segelten wir in den ersten Lockdown, nicht wissend, was tatsächlich auf uns zukommt. Und inzwischen? Den zweiten Lockdown haben wir fast hinter uns, doch sind wir mit wehenden Fahnen und trotz Impfkampagnen und Schnelltestorgien bereits in den dritten Lockdown gesegelt, der unter Umständen der härteste wird. Gibt es eine reelle Chance, jemals wieder aus diesem Dramadreieck aus AHA-Regeln, 7-Tage-Inzidenz und Ausgangssperren wieder herauszukommen? Die Zeichen sehen besser aus als vor einem Jahr. Es gibt schon mehrere Impfstoffe, die Impfungen laufen, wenn auch sehr schleppend, aber im zweiten Quartal soll es besser werden. Die Hoffnung steigt, das zum Frühsommer ein Großteil der Bevölkerung geimpft ist. Doch noch müssen wir durchhalten, auf die anteilnehmende Umarmung verzichten, dort, wo es geht, Abstand halten und Geduld haben. Das ist jetzt für viele Menschen das Schwerste, wo wir so weit sind, Gegenmittel gefunden wurden. Jeden Tag fällt es schwerer, sich an die AHA-Regeln zu halten, jetzt, wo wir alle es so dringend brauchen, die körperliche Nähe, das gesellschaftliche Miteinander, das sorglose Treffen in der Eisdiele, das erste Bier mit Freunden im Biergarten zu genießen.

Wir sind ja schon bescheiden geworden, keine Fernreisen, nicht ständig auf der Suche nach dem Adrenalinkick oder das Gourmetessen beim Sternekoch. Nur ein wenig körperliche Nähe, Verbundenheit, Wärme, das Treffen mit Freunden, damit endlich dies verdammte Einsamkeit ein Ende hat und der Gesellschaft weicht. Durchhalten, nur ein wenig noch, dann wird alles gut...

Wann hört das auf? Wann sind die News endlich mal frei von Corona? Wann müssen wir nicht mehr die Nennungen von Corona und Inzidenzen in den Nachrichten zählen? Wann werden Schicksale von Betroffenen zum Thema, anstatt nur noch von Statistiken, Impfengpässen, Schnelltests, Astra Seneca, BioNtech, Moderna, Johnson & Johnson und Sputnik zu hören? Wo ist der Mensch, die Mutter, die verzweifelt einen Impftermin für ihren Vater im Pflegeheim ergattern will, und eine Impfung für die asthmakranke Tochter, die doch immer wieder durch eine große Bürokratiewelle in ihren Bemühungen zurückgeworfen wird? Wer kümmert sich um diejenigen, die an Corona und der Einsamkeit verzweifeln? Wahlen sind keine Wahlen mehr, wir sind in einem Superwahljahr, nur weitere Parameter auf dem Weg von Covid-19 direkt ins Herz. Wer hält das auf? Geht das überhaupt noch? Wird uns die Zukunft gestohlen, so wie Greta unsere Generation beschuldigt hat, wir würden ihre Zukunft stehlen. Betrügt uns ein kleines Virus mit seinen britischen, südafrikanischen und brasilianischen Brüdern und Schwestern um unser Glück? Bringt es mal kurz die ganze Welt durcheinander? Die Pest gab es schon, wir haben uns davon erholt, die Spanische Grippe Anfang des 20. Jahrhunderts hat annähernd 50 Millionen Menschen das Leben gekostet, HIV am Ende des letzten Jahrhunderts hat auch sehr viel Tote und sehr großes Leid über die Menschheit gebracht, aber sie haben alle keinen Kollektivschmerz erzeugt, der auf einen Schlag alle Gehirne lahmlegt und den Weg zu rationalem Denken und Handeln versperrt.

Ja, wir haben wirksame Impfstoffe und andere Medikament in kürzester Zeit entwickelt, doch es gibt offensichtlich nur noch eine wichtige Sache im Leben, Corona, und das kann und darf nicht sein! Irgendetwas muss deswegen an Corona anders sein, als an allen anderen Epidemien und Pandemien, die es bisher in der Menschheitsgeschichte gegeben hat. Mittlerweile beeinflusst es alles Denken und Handeln auf unserem blauen Planeten, so, als ob es nicht mehr ohne geht und der Mensch ein schlechtes Gewissen bekommt, wenn er mal eine Stunde nicht daran dankt. Das muss aufhören, aber wie? Wir haben alles, was man braucht, etliche Impfstoffe, manche mehr, manche weniger wirksam, millionenfach vorhanden oder in Produktion. Doch was tun wir, anstatt zu impfen und zu retten? Wir verwalten, strukturieren, klären auf und nehmen dabei in Kauf, dass noch Tausende und Abertausende sterben, nicht an Corona, nein, an der Unfähigkeit, an unserer Unfähigkeit, zu handeln. Zugegeben, Aufklärung ist wichtig und richtig, aber sie darf nicht über allem stehen, darf nicht alle Ressourcen verbrauchen.

Das ist die eigentliche Gefahr, die von Covid-19 ausgeht, doch die Menschheit begreift das nicht vor lauter Gier nach Kontrolle, Macht und Geld. Schade.

Wieder ein Kälteeinbruch, wieder für vierzehn Tage wenig Sonne, teilweise sogar Graupelschauer und Schnee. Doch jetzt, an einem Samstag Ende März, am letzten Samstag, bevor die Uhren wieder auf die Sommerzeit umgestellt werden – müssen wir Menschen der Natur sagen, wann Sommer ist, braucht die Natur uns oder brauchen wir sie – ja, heute sieht man es an vielen Bäumen, Sträuchern und Büschen, auch an dem Baum vor meinem Fenster, in Nachbars' Garten, an meinem Lieblingsplatz im Haus, dem Baum rechts vom Kran, der wohl noch eine ganze Weile stehenbleibt, bis die Rohbauarbeiten an dem neuen Haus im Sonderholz, auf einem der letzten, freien, unbebauten Grundstücke, abgeschlossen sind, dieser Baum treibt jetzt auch.

Ich weiß gar nicht, wohin ich meine Augen zuerst hinwenden soll, überall sehe ich die Vorboten des Frühlings, die Kirschblüte befindet sich im Vorbereitungsraum für ihren großen Auftritt, die Magnolien sind im letzten Stadium vor dem großen Ausbruch, sie werden wohl in den nächsten Tagen durchbrechen mit unbändiger Kraft, jetzt sieht man schon ein zartes Grün und Braun, dass sich an den Ästen und Zweigen hervordringen, die Forsythien blühen Gelb um die Wette. Die Natur erwacht in dieser Zeit, doch hat sie je geschlafen? Wir konnten es nicht sehen, im letzten, halben Jahr, im Winter 2020/21, der in der Rückschau doch kälter und länger war als in den Jahren davor. Die Natur schläft nie, im Gegenteil, denn in der kalten Jahreszeit hat sie alle Hände voll zu tun, um alles für das Frühjahr vorzubereiten, hat die Zellen der

Bäume und aller anderen Pflanzen mit allen nötigen Informationen versorgt, die Datenleitungen von den Wurzeln bis in die feinsten Verästelungen in den Baumkronen oder Strauchwedeln freigeräumt und dafür gesorgt, das alle nötigen Wachstumsdaten just in time bei den jeweiligen Empfängern angekommen sind. Und das jedes Jahr, bei Wind und Wetter, an jedem Tag und in jeder Sekunde, immer und immer wieder, that's life, the circle of life - der Kreislauf des Lebens. Und das alles ohne Politik, ohne viel Palaver, auf der ganzen Welt, von der Antarktis bis zum tiefsten Regelwald am Amazonas, von Tibet bis nach Asperg, und ... es funktioniert.

Können wir uns da nicht ein wenig abschauen, von der Natur lernen? Dort gibt es auch immer wieder Katastrophen, werden ganze Landstriche ausgelöscht, durch Feuer wie bei einem Vulkanausbruch, durch Überschwemmungen, durch tiefen, langen Frost. Und was macht die Natur? Sie passt sich an, findet neue Wege für das Leben, debattiert nicht groß, sondern macht. Und wir, wir sind machtlos, einem kleinen Virus gegenüber, und das lacht sich mit seinen Brüdern und Schwestern einen Ast über die Menschheit, über die endlosen Debatten um Nebenwirkungen, Schnelltests und Impfdosen. Arme Menschheit, so können wir das Virus nicht besiegen.

21 Grad, das war heute Nachmittag die Höchsttemperatur! Nicht schlecht für einen Montag im späten März.

Ortswechsel: Heute Mittag im Rosental, meine schon nach kurzer Zeit liebgewonnene Gewohnheit, in der Mittagspause für eine halbe Stunde raus, egal bei welchem Wetter und runter ins Tal.

Irgendwie macht das Bock, holt mich raus aus der Schreibtischroutine jeden Tag, was anderes sehen, andere Farben, Licht, im Hintergrund die Geräusche der sich übers Stuttgarter Kreuz quälenden Trucks und der ganze Individualverkehr, permanent, ohne Pause, ab und zu unterbrochen von den Sirenen der Einsatzkräfte, die wieder mal ausrücken müssen, um zwei oder mehrere Autos voneinander zu trennen, Verletzte oder gar Tote bergen, Brände löschen, aufräumen, damit der Verkehr wieder rollt.

Der Lärm ist da, aber nur leise, erinnert mich daran, dass ich in ein paar Stunden auch wieder dabei bin, wenn ich nach der Arbeit nach Hause fahre. Ich, der passionierte ÖPNV-Fan, ich fahre seit einem halben Jahr mit dem Auto ins Büro, keine Auszeit in der Bahn. Keinen Podcast über Themen wie die Polarstern-Expedition in der Arktis, die die Auswirkungen des Klimawandels an der schwindenden Eisdecke am Nordpol erforscht und sich dazu ein halbes Jahr hat einfrieren lassen im Packeis, kein SWR1 Meilensteinalbum der Woche, keine Musik, die mich trägt und entführt in eine andere Welt. Warum? Weil es mir im Moment, ja, zu gefährlich, zu unangenehm., zu stressig in der S-Bahn ist mit vielen Menschen, und mit Maske, von Vaihingen bis Asperg, knapp eine Stunde. Mit dem Auto geht es meistens schneller, wesentlich schneller, aber deshalb wird ich nie ein Pendlerfan auf vier Rädern. Vielleicht klappt es ja mal wieder mit der Bahn, wenn wir das Virus einigermaßen im Griff haben, doch im Moment ist es für mich keine Option, leider.

Die Luft ist hier sehr angenehm, kaum Leute unterwegs, ein paar Hundehalter, hallo, ein kleines Lächeln, man kennt sich schon, begegnet sich fast täglich. Es fühlt sich an wie ein kleiner Trip in einem noch kleineren Paralleluniversum, nur für eine halbe Stunde, bevor man wieder eintaucht in die tägliche Routine. Aber es hat doch irgendwie etwas Künstliches an sich, wie einen faden Beigeschmack. Etwas fehlt, etwas Wichtiges. Es tut gut, ohne Zweifel, aber es ist nicht wie am Wunnenstein, bei meinen Bienen, oder im Leudelsbachtal, wo ich von meiner Haustüre aus hinlaufen kann, es ist einfach nur eine kleine, aber wichtige Auszeit am Tage, die hungrig macht auf eine Wanderung auf der Schwäbischen Alb oder in den Alpen, an einen Spaziergang an der Ostsee.

Am Vaihinger Stadtbad kommen mir plötzlich lauter Schülerinnen und Schüler entgegen, Schule ist aus, und sie durchqueren das Tal auf ihrem Heimweg, da kreuzen sich unsere Wege. Auch der des kleinen Schulmädchens, vielleicht zehn Jahre alt, mit einer bunten Maske auf dem Gesicht, sie ist allein, und wirkt irgendwie traurig. Kurze Zeit später, bevor ich wieder auf eine Straße zurückkehre, komme ich an der Litfaßsäule vorbei, neben dem Entenweiher, an dem die hohen Kastanienbäume ihre Kronen der Sonne entgegenstrecken, um Wärme zu tanken, damit sie endlich ausschlagen können und ihre Zweige und Äste mit einem herrlichen Grün schmücken können. Noch dauert es ein wenig, vielleicht zu Ostern, mal sehen. An der Reklamesäule hängt ein Werbebanner, dass zum Weihnachtsshopping in der Innenstadt einlädt, das Banner ist noch völlig unbeschädigt, hat keine Risse oder Falten, wirkt so, als ob es gerade erst aufgehängt wurde. Das traurige Mädchen mit Maske und die Litfaßsäule mit der Weihnachtswerbung, bringen mich wieder zurück auf den Boden der Corona-Realität, Auszeit vorbei, weiterkämpfen zum Ende des Lockdowns, wir schaffen das.

Es ärgert mich, wenn ich jeden Tag irgendwelche Theorien von irgendwelchen namenlosen Idioten lesen muss, die ohne Prüfung in den Social Medias geteilt werden -hört sich gut an, schicke ich weiter, das kann nicht sein, das darf nicht sein. Die Menschen werden nur verunsichert, ziehen sich weiter zurück, schotten sich ab, wissen nicht mehr, was sie glauben sollen, und gehen dabei kaputt, nicht an Covid19, sondern aus dem, was daraus gemacht wird.

Was kann ich dagegen tun, wie kann ich da helfen, es tut mir in der Seele weh, wie Freundinnen und Freunde solche Posts ernst nehmen, sich in Dinge hineinsteigern, die einfach nicht gut sind, und dabei ihren gesunden Menschenverstand langsam verlieren. Ich will helfen, und kann nicht, ich will aufklären, doch mir fehlt das Wissen, was soll ich also tun, um den Menschen Trost zu schenken? Genügt es, wenn ich Tag für Tag versuche, positiv zu denken und zu handeln, obwohl ich schon im engsten Bekanntenkreis die beginnende und anhaltende Hoffnungslosigkeit fühle? Ich mache weiter, ich gebe nicht auf, ich kämpfe für eine Zukunft, die anders sein wird als die sorglose Zeit vor 2020, aber intensiv und gut und stark, ich bleibe dran, lass' mich nicht entmutigen von solchen Nachrichten auf WhatsApp, ich glaube an die innere Kraft und Stärke, die in jedem Herzen wohnt, und die will ich finden und aktivieren in den Menschen, die mir nahe stehen, weiter komme ich nicht, das müssen andere Mitstreiter machen, und ich hoffe und bete, das es genügend sind um geneinsam einen gangbaren Weg aus diesem Dilemma zeigen zu können, keinen wissenschaftlichen, sondern einen menschlichen Weg aus der Krise, wo jeder er selbst sein darf und sich nicht nach Selbsttests und irgendwelchen, dubiosen Nachrichten definieren muss, die er verbreitet. Ich glaube, das die Liebe unsere größte Hoffnung ist, auch im Hier und Jetzt, gerade jetzt. Diese Worte sind mir schon in der Bibel begegnet, im 1. Korintherbrief, Kapitel 13, und an Silvester, an dem wir aufgebrochen sind ins dritte Jahrtausend, vor über 21 Jahren. Kann das ein Weg sein, ich bin davon überzeugt, und ich glaube, tief in ihren Herzen sind es viele, die daran glauben.

Jetzt ist es draußen dunkel, und ich sitze wieder an meinem Lieblingsplatz, der Baum in Nachbar's Garten ist nur noch schemenhaft zu erkennen und der Baukran ist auch da, doch hat sich die Dunkelheit der Nacht über ihn gesenkt.

Endlich, ein Lichtblick, sie ist wieder da, und sie blüht wunderschön, so, als ob es das letzte Mal ist. Aber nein, jedes Jahr wirft sie sich so in Schale und kündigt das neue Frühjahr an, die Magnolie in der Hummelbergstraße, ca. 60 m Luftlinie von meinem Schreibtisch entfernt. Wenn sie blüht, dann zeigt sie ein Farbenspektrum von zartem Weiß bis zu dunklem Violett. Das wird jetzt ein, zwei Wochen anhalten, bevor sie dann langsam ihr buntes Kleid verliert und ihr grünes Sommerkleid anzieht. So langsam kommen auch die anderen Bäume in Fahrt, die einen ganz vorsichtig, während andere schon weiter sind und erahnen lassen, wie prachtvoll sie einige Sonnenstunden später dastehen werden.

Aber irgendwie ist alles anders in diesem Jahr. Der Staub längst vergangener Tage mäandert vor sich hin und wir stehen im Begriff, das zweite Ostern im Corona-Lockdown zu verbringen. Sind wir weiter gekommen seit letztem Jahr, wissen wir mehr über das Virus, hat uns die Wissenschaft den ersehnten Impfstoff gebracht und rettet er schon Leben? Wird das Leben wieder erträglicher, können wir endlich wieder, nach über einem Jahr voller Entbehrungen uns mit Freunden treffen, uns umarmen und glücklich sein? Ist die Hilfe da und auch angekommen? Ja und nein, die Fragen sind noch nicht ganz zu beantworten. Ja, wir haben einen wirksamen Impfstoff, sogar mehrere Impfstoffe, doc irgendwie klappt das mit dem Impfen nicht so ganz, zu wenig für alle, Angst vor Nebenwirkungen, viele Sonderwege, keine einheitlichen Regelungen, Chaos, und immer neue Corona-Verordnungen. Mit Freunden zusammen sein, das geht noch nicht so ganz, Nähe ist noch nicht drin, AHA-Regeln sind zu befolgen. Warum? Die 7-Tage-Inzidenz steigt wieder, es gibt Virusmutationen, wir müssen durchhalten, es wird bestimmt besser, doch wann? Die Menschen haben langsam genug davon, lange haben wir schon ausgehalten, und jetzt soll es immer weiter gehen, immer noch keine Gasthäuser geöffnet, nur mit Maske einkaufen, das geht mir sowas von auf den Keks, und nicht nur mir, sondern vielen, wahrscheinlich fast allen.

Gibt es denn keine Lösung? Keine Hoffnung? Kein Erbarmen? Doch, irgendwo da draußen? Nein, tief drinnen in unseren Herzen liegt die Antwort, wir müssen sie nur suchen, zusammen, jetzt, ohne Aufschub, dann kriegen wir es hin.

Karfreitag, 02. April im zweiten Corona-Jahr, eigentlich ist Feiertag, die Sonne scheint, die Natur spricht in unendlich zarten Farben vom Frühling, der Himmel ist blau und er Baukran zeigt nach Süden. Es ist angenehm warm, doch heute ist so ein Tag, an dem ich irgendwie gefrustet bin, ein Tag, an dem ich wenig Zuversicht verspüre, an dem ich nicht viel lachen kann, ein blöder Tag. Die gibt es leider auch, die gehören genauso dazu wie die guten Tage, an denen mir förmlich das Herz aufgeht und vor Freude fast zerreißt. Ich bin traurig, weiß nicht, warum. Irgendwie geht es mir heute auch nicht gut. Doch es wird wieder besser, ich bin trotzdem zuversichtlich, tief drinnen, nur heute zeigt sie sich nicht so an der Oberfläche. Ich muss daran arbeiten, jeden Tag, manchmal ist es hart, daran zu glauben, dass die Zukunft etwas Großartiges für uns im Gepäck hat, für jeden von uns. Oft ist alles verborgen, wie durch einen lichtgrauen Schleier auf meiner Seele, ganz selten hebt sich ein Stück vom Vorhang und die Zukunft gewährt einen kurzen Augenblick der Vorfreude. Dann senken sich die Nebel wieder und wir müssen weiterkämpfen, es ist ein Auf und Ab, ein Kommen und Gehen, ein Viel und Wenig.

2

Der Baum ist auch noch nicht viel weitergekommen, ob er auch etwas fühlt, was fühlt er, jetzt, in diesem Moment, am Karfreitag 2021, spürt er die Grönlandkälte, die laut Wettervorhersage nächste Woche für kurze Zeit kommen soll, treibt er deswegen noch nicht aus? Warten wir's ab, wir werden es sehen.

Zanderfilet mit Bratkartoffeln und Wurzelgemüse, das war unser Abendessen heute, am Karsamstag. Diesen frischen Fisch habe ich heute das erste Mal selbst zubereitet, und es hat geklappt. Ich bin sehr froh darüber, hätte auch schiefgehen können. Den Bienen geht es auch gut, sind viel unterwegs unterm Wunnenstein und haben, wenn sie zurückkommen in ihren Stock, im wahrsten Sinne die Hosen voll, in diesem Fall die sogenannten Pollenhöschen, so nennt man in der Fachsprache die Hautsäckchen an den Beinen der Bienen, die direkt mit dem Saugrüssel verbunden sind. Hier wird die Nahrung gesammelt, in diesem Fall Nektar oder Pollen, und in den Stock gebracht, wo sie dann von den Ammenbienen übernommen und in die Waben eingelagert werden. Damit können sie auch Wasser sammeln, denn das brauchen sie auch. Die Bienen waren zufrieden, sie brüten fleißig, und ich bin noch eine Runde über den Wunnenstein gelaufen. Ich weiß nicht, wie oft ich hier jetzt schon spazieren gegangen bin im letzten Jahr, seitdem ich hier meine Bienen habe, bestimmt schon einige Male. So langsam fühle ich mich heimisch, heute habe ich im Vorbeigehen einige Winzer bei den Vorbereitungen für den Weinjahrgang 2021 gesehen, man grüßt sich und geht weiter. Irgendwie beruhigend, es ist schon ein Stück Normalität geworden, hier draußen zu sein, fernab von all dem Trubel, kein Radio, keine Bundesliga, vor allem keine Berichte über irgendwelche Demos, die mir langsam auf den Geist gehen. Jeder soll für sein Recht auf die Straße gehen, kein Thema, aber im Moment halte ich das für nicht so gut, Demos von Querdenkern ohne Maske und ohne Abstand, da gehen die Zahlen wieder nach oben, und wir alle leiden darunter. Es muss doch noch andere Protestmöglichkeiten geben. Aber ich beschwere mich nicht, es gibt Dinge, die müssen wir akzeptieren, und wenn es die Nichtakzeptanz von einer gewissen Bevölkerungsgruppe für gewisse Regeln ist. Lasst uns auch diese teilweise schwer ‚zu ertragende Ignoranz' überstehen, wir schaffen das...

Ich bin sehr gerne in der Küche, Kochen ist eine Leidenschaft von mir, der ich leider viel zu selten fröne. Mit Backen habe ich nichts am Hut, aber der schlichte Vorgang des Kochens oder Bratens, wenn alle Zutaten vorbereitet in kleinen Schüsselchen um den Herd verteilt stehen und ich nur hinzulangen brauche und die eine oder andere Zutat hinzufügen muss, das ist, ja, wie ein kleiner Urlaub, da verschwimmt in gewisser Weise die Welt um mich herum, fast so wie beim Musikhören. Ich merke schon, heute ist wieder einer der besseren Tage, da geht was, da ist eine gewisse Grundschwingung in mir, die mich auspendelt und einige Glückshormone zur Ausschüttung bringt. Ich bin sehr dankbar dafür, dass ich genau das immer wieder spüren kann, ich bin auch dankbar für die weniger guten Tage, die gehören auch zum Leben, wie die andere Seite ein und derselben Medaille. Die guten Tage schenken mir die Kraft, die schlechten zu überstehen, nicht an und in ihnen zu verzweifeln, sie schenken mir immer wieder neuen Lebensmut. Das ist es, was auch Du brauchst, um die verrückten Tage, Wochen, Monate und vielleicht sogar Jahre zu überstehen, in denen wir gegen das Virus kämpfen, weltweit. Da kann ein Zanderfilet mit Bratkartoffeln schon hilfreich sein, vor allem, wenn es gelingt und am Ende auch noch schmeckt. Es ist auch einer dieser kleinen Glücksmomente, wie jedes Mal, wenn ich am Panoramaweg auf dem Wunnenstein am höchsten Punkt stehe und in die unendlich scheinende Landschaft sehen kann, das nimmt sofort den Gang raus und lässt mich ganz klein und dankbar werden für die Natur, die immer einen Weg findet.

Auch unser roter Ahorn vor dem Haus schmückt sich langsam mit den hellgrünen Blättern, die eine wunderbaren Kontrast bilden zu den roten Ästen und Zweigen. Es ist Frühling, auch jetzt, im Pandemiejahr 2021, und es tut so gut, wenn man in Zeiten wie diese ein paar feste Parameter hat, an die man sich halten kann und die einem Richtung weisen.

Ostersonntag, es ist ruhig, der blaue Himmel mit ein paar Kumuluswölkchen bedeckt, aber draußen ist es noch etwas kühl. In den sozialen Medien geht es heute hoch her, lauter Videos mit Osterhasen, Eiern und Musik, manche gut, manche weniger. Jeder versucht, mit der Situation klar zu kommen und damit auf seine

Weise umzugehen. Es ist schwer, zuversichtlich zu bleiben, aber mehr als nur einen Versuch wert. Vor einem Jahr ist das Frühlingsfest in Stuttgart abgesagt worden, das hat für viel Echo in den Medien gesorgt, dieses Jahr findet es auch nicht statt, aber es redet keiner mehr darüber, man nimmt es zähneknirschend hin, wie so vieles, was seit langer Zeit nicht mehr möglich ist. Doch was ist die Alternative, gibt es überhaupt eine? Ich denke, im Moment nicht, und auch wenn die Durchhalteparolen so langsam auf die Nerven gehen, es ist notwendig, das wir unsere Geduld strapazieren, wir werden belohnt werden, es dauert sicher noch eine Weile, aber dann können wir uns wieder neu finden, fühlen, was es jemanden in die Arme schließen zu können, spüren zu können, wie es ist, einen Menschen zu halten, seinen Herzschlag zu spüren, ihn berühren zu können ohne Angst und ohne schlechtes Gewissen. Und somit bin ich wieder bei Steve Perry und seinen „Open Arms", die mich einfach nicht loslassen, die für mich das Lied der Pandemie geworden ist. Ich höre es zwar nicht mehr jeden Tag, aber in Gedanken ist die Melodie immer dabei. Der Song ist kein Welthit, auch ist er bestimmt nicht anspruchsvolle Musik, der Text schön, einfach, lässt Raum für viele Interpretationen, ist aber keine literarische Sensation. Und doch, er berührt mich auf eine einzigartige Weise, diet ihresgleichen sucht. Ich wünsche mir, dass jede Frau und jeder Mann, jedes Kind, dass alle etwas haben, an dem sie sich festhalten können, etwas, dass sie trägt durch die Monate der verordneten Einsamkeit. Wir wissen nicht, wann das aufhört, wann Covid-19 soweit in die Schranken gewiesen ist, dass ein normales, nicht eingeschränktes, gesellschaftliches Leben wieder möglich ist - Museum ohne Maske , Konzert mit Menschen und ohne Livestream, Stammtisch ohne Einschränkungen und mit Freude und gutem Essen und einer gewissen

Leichtigkeit-, die Leichtigkeit, die uns im letzten Jahr irgendwo zwischen Corona-Verordnung und Teststrategien verloren gegangen ist. Rudi Carrell hat vor Jahrzehnten in einem Lied nachgefragt, wann es mal wieder richtig Sommer wird, diese Frage stellt sich so nicht für die Menschheit. Aktuell lautet die Frage eher, wann hört der Scheiß endlich wieder auf...

Der Baukran vor meinem Fenster zeigt aktuell nach hinten, der Baum davor ist auch noch nicht viel weitergekommen, das schwarze Hausdach gegenüber reflektiert die Sonnenstrahlen und die ersten Fliegen brummen an meinem Fenster vorbei. Ab und zu sieht man ein Auto zwischen den Häusern vorbeifahren. En Vogel zieht in der Ferne seine Kreise über dem Kranausleger, immer wieder, so als ob er etwas sucht. Jetzt ist er weg, vielleicht hat er es gefunden. Ostern 2021 steht im Zenit, morgen noch und dann ist auch dass Geschichte. Wie wird Ostern im nächsten Jahr? Fragen über Fragen, keine Antworten, aber auch kein Frust. Es geht weiter, immer weiter, so, wie die Natur sich immer wieder einen neuen Weg sucht, so sollten auch wir agieren, mit Zuversicht, die unterstützen, die einsam sind, neue Wege für Kontakte zu finde, den Mitmenschen das Gefühl geben, sie sind nicht allein, da sind noch andere, und die denken an mich. Sich gegenseitig helfen, und sei es auch nur durch ein offenes Ohr, am Telefon, über den Gartenzaun, vor der Haustüre. Viel können wir als Einzelne nicht tun, wenn wir es aber zusammen tun, jeder in seinem eigenen Mikrokosmos, dann wird die Summe von vielen kleinen Gesten der Freundschaft und der Zuneigung und der Anteilnahme etwas Großes, Gewaltiges, die Liebe in Corona-Zeiten, und dafür lohnt es sich zu kämpfen.

Ostermontag und der Tag hört mit Schneegestöber auf. April, wie immer, verrückt und unberechenbar, aber notwendig, um die letzten Reste des Winters auszutreiben und das Frühjahr zu begrüßen. Und es geht so weiter, heute Morgen musste ich erst mal Scheiben kratzen, bevor ich losfahren konnte. Eigentlich fahre ich nicht gerne mit dem Auto, vor allem nicht ins Geschäft. Aber seit fast einem halben Jahr, seit der zweite Lockdown über uns hereingebrochen ist, seitdem meide ich meine Bahn, die mir in den vergangenen 30 Jahren irgendwie lieb und teuer geworden ist. Ich gebe zu, ich habe aktuell keinen Bock auf Bahnfahren mit Maske, es ist notwendig, ja, aber im Moment möchte ich es nicht, und ich schäme mich fast dabei, wie bequem ich auf der einen Seite geworden bin. Auf der anderen Seite gibt es mir, wenn auch nur ein kleines Gefühl an Sicherheit, das ist trügerisch, ich weiß, und ich werde auch wieder die Bahn nehmen, aber nicht im Moment. In Stuttgart Vaihingen ist der Schnee heute den ganzen Tag liegengeblieben, nur heute Mittag, als ich meine schon fast obligatorische Runde im Rosental drehte, vorbei an dem Wegweiser ohne Hinweisschild, der einfach in eine Richtung führt, ist der Schnee ein wenig geschmolzen und die Sonne hat hinter einer Wolke kurz hervorgeschaut, aber nicht lange. Als ich wieder im Büro war, kam der Schnee wieder, diesmal waagrecht, wie kleine Pfeile ist er an meinem Fenster vorbeigeschossen.

Aber er hat nicht mehr so viel Kraft, sich gegen die kommende Wärme des Frühlings auf Dauer durchzusetzen, der ewige Kampf der Jahreszeiten, auch das ist April, wenn ein Jahr noch jung ist und wir Menschen dürfen Zeuge sein, eines Schauspiels, das sich keine Regisseur besser ausdenken und inszenieren hätte können, als die Natur daselbst, und dafür sollten wir dankbar sein.

Wie geht es weiter in diesem Jahr, schon wird nach dem nächsten Lockdown geschrien, diesmal in der Gestalt eines Brücken-Lockdowns, was bitte soll das denn sein? Es ist einem Politikergehirn entsprungen, diese Wortschöpfung, vereinfacht gesagt soll es wohl heißen, Türe zu, bis alle geimpft sind! Doch es gibt keine Information dazu, wann das sein wird, hält man uns für dumm? Ich kann verstehen, wenn immer mehr Menschen genervt sind von dem dauernden Auf und Ab, und Rein und Raus in die Kartoffeln. Aber keiner weiß so recht, wie man es besser machen kann. Und so sind wir wieder an dem Punkt angelangt, wie schon so oft, an dem wir uns überlegen müsse, was kann ich selbst dazu tun, dass es wieder besser und erträglicher wird. Soll ich auf die Straße gehen, querdenken und anders handeln? Soll ich in die Politik gehen und so Verantwortung übernehmen, allerdings dauert das sehr lange und hilft aktuell in unserer Situation nichts. Was kann ich aber tun, es muss doch aber eine Möglichkeit für uns geben, für jede und jeden, der helfen möchte? Wen kann ich fragen, wer kann es dir und mir sagen, was am besten ist? Gibt es ein Amt dafür, ein Ministerium? Erfahren wir die Lösung am Ende vom Sozialministerium oder vom Landratsamt? Gibt es überhaupt eine Stelle für solche Anliegen?

Ich glaube nicht, was ich aber glaube, ist, dass jede und jeder selbst Ansprechpartner für sich ist, wir müssen uns nur fragen. Nur wir selbst wissen, was wir können, wo unsere Fähigkeiten liegen und in welchem Fach wir Bescheid wissen, aber, wir trauen uns irgendwie nicht so richtig, haben Angst, es könnte jemand darüber lächeln und unser Tun sofort beurteilen, prüfen und bewerten. Alles in unserer modernen Gesellschaft wird geprüft, gebenchmarkt und verglichen. Hier ein Gutachten, dort eine Stellungnahme, und am Ende viel Papier, viel Datei und nichts in der Sache getan.

Wir brauchen Mut, rauszugehen, auch mal etwas zu wagen, was wir vor langer Zeit offensichtlich verlernt haben, instinktiv zu handeln, anstatt zu diskutieren. Wir machen uns für alles Gesetze, Rechtsverordnungen, Verwaltungsvorschriften, um das öffentliche Leben zu regeln. Im Betrieb gibt es Dienstvereinbarungen, Arbeitsanweisungen, Anordnungen für Dieses und Jenes und Jenes und Dieses. Ich gebe ja zu, ohne geht es nicht, aber ich bin der Meinung, unsere Gesellschaft hat sich längst überreguliert und weiß an Ende gar nicht mehr, was tatsächlich notwendig ist, um die sprichwörtliche Karre endlich aus dem Dreck zu ziehen. Saubere, klare, transparente Entscheidungen, mit denen man leben kann. Keine stundenlangen Erklärungsversuche von Spitzenpolitikern im Fernsehen und im Live-Stream, für Entscheidungen, die eigentlich keine sind. Viel Gerede, wenig Tun, eine Verordnung nach der anderen erlassen, die Länderchefinnen und Chefs ändern wieder ein wenig ab, feilen hier an der Formulierung, und schon bleibt nur noch ein Haufen Papierkram übrig, der aber niemandem hilft. Und in der Summe bleibt es überwiegend bei Lippenbekenntnissen, Absichtserklärungen und halbherzigen Maßnahmen, die keinen Bestand haben und nach kurzer Zeit schon wieder gekippt werden, frei nach dem Motto, wir müssen reden, aber können wenig tun.

Das ist auf Dauer keine Lösung, nicht falsch verstehen, Politik in diesen Zeiten ist wahrhaftig kein Zuckerschlecken, aber mir fehlt die Verbindlichkeit, die Konsequenz und die Umsetzung von Maßnahmen, die allen zu Gute kommt. Lasst uns nicht darüber reden, sondern lasst es uns gemeinsam tun! Es gibt Dinge, die können wir zusammen machen, anderen helfen, ihnen zuhören, mit ihnen reden. Aber es gibt auch Dinge, die muss man alleine tun, wie zum Beispiel seinen eigenen Weg gehen, nicht nur beginnen, sondern ihn auch zu Ende gehen. Wo unser eigener Weg uns hinführt, kann man nicht wissen, vielleicht die grobe Richtung erahnen, die vermeintlich oberflächlichen Ziele erkennen im Nebel des Lebens und des Alltags. Man kann sich auch für ein Stück seines Weges mit anderen zusammenschließen, aber die wichtigsten Abschnitte seines Weges muss man alleine gehen.

Beim durchzappen der ZDF-Mediathek gestern Abend stieß ich bei der Suche auf einer Dokumentation a la Nordstory oder sonstiger Reisedokumentation auf eine Doku mit dem Titel „Mein härtester Weg". Auf dem Anfangsbild sah man eine kleine Gruppe von Wanderern, die von hinten fotografiert wurden. Dauer: 44 Minuten. Das machte mich neugierig und ich schaltete ein und war nach wenigen Sekunden mitten drin, wie ein unsichtbarer Zaungast oder Mitwanderer. Was ich dabei erlebt habe, lässt mich jetzt, einen Tag später, noch erschauern und dankbar sein, für das, was sich abgespielt hat. Das Thema: fünf Unbekannte treffen sich in Südfrankreich, unweit der Pyrenäen, und möchten zusammen das letzte, 800 km lange Teilstück des Jakobsweges nah Santiago de Compostela laufen, soweit, so gut.

Ich schreibe aus der Erinnerung an etwas, was ich nicht selbst erlebt habe, aber etwas, was mich tief im Innern sehr berührt hat. Die Geschichte von (die Namen sind zum Teil frei erfunden, weil ich nicht mehr alle weiß) Steffi, die, wie Michael, den Weg bereits zum zweiten Mal beschreitet, von Karin, der 44jährigen, österreichischen, gläubigen Mutter von fünf Kindern, von Geli, die 61 Jahre alt ist und gerade die Freistellungsphase ihrer Altersteilzeit erlebt, nachdem sie fast ihr ganzes Leben in einer Sparkasse gearbeitet hat und sich mit dem Jakobsweg einen großen Traum erfüllen will und von Karsten, der den Weg nicht zu Ende gehen kann , weil der Krebs zu stark ist und von Armin, seinem Freund, der für ihn den Weg zu Ende geht, den Jakobsweg von Südfrankreich über die Pyrenäen bis nach Santiago, 800 km in 38 Tagen, durch Wind und Wetter und Abertausenden Erinnerungen.

Was die Gruppe dabei erlebt auf ihrem langen Weg zu sich selbst, ist auf den ersten Blick eigentlich ganz normal, wenn sich eine Gruppe bildet mit den stürmischen, ordnenden und schaffenden Perioden. Auf den zweiten Blick tun sich Abgründe auf, auf die die Fünf nicht vorbereitet waren, nicht zuletzt der Moment, als Karsten die erschütternde Diagnose bekommt, das für ihn der Jakobsweg zwei Wochen vor dem Ziel zu Ende ist, und sein Weg ist es wohl auch.

Die Gruppe leidet mit, wird nach anfänglichen Stürmen eine verschworene Gemeinschaft, die Weg und Nachtlager miteinander teilt. Sie wächst zusammen, wird stark, erreicht mit Armin das Ziel, ein kurzer Moment der Freude und des Glücks, auch wenn das eigentliche Ziel, die Kathedrale, wegen Bauarbeiten gesperrt ist und in eine kleine Kirche ausweichen muss zum Pilgergottesdienst, und dann geht jede und jeder seines Weges.

Hape Kerkeling ist vor Jahren auch diesen Weg gegangen, hat darüber ein Buch geschrieben. Doch wo führen die Wege hin, finden wir am Ende, was wir suchen, finden wir am Ende Glück und Zufriedenheit? Vielleicht finden wir aber auch zu uns selbst, zu einem Menschen, den man noch nie zuvor gekannt hat und entdecken dabei das Leben mit all seinen Facetten wieder neu, sieht schöne Dinge, die einem vor lauter Job und Freizeitstress verborgen waren in all ihrer Schönheit.

Doch viele gehen den eigenen Weg nicht bis zum Ende, steigen vorher aus, beginnen wieder neu auf der Suche nach sich selbst, vielleicht wie Steffi und Michael von der Jakobsweggruppe, ob sie ihr Ziel erreicht haben, wissen wir nicht. Bei dem Weg zu sich selbst kann einem niemand helfen, den muss man alleine gehen, ab und zu ist vielleicht jemand da, der ein Stück des Weges begleiten kann, aber über weite Strecken sind die Einsamkeit und das andere Ich die einzigen Begleiter.

Heute Morgen ist es passiert. Lange habe ich Glück gehabt, viel Glück, nur einmal im letzten halben Jahr, die Zeit, in der uns alle der zweite Lockdown erwischt hat, der zwischenzeitlich in den dritten übergegangen ist und uns wahrscheinlich, trotz einiger neuer Impfstoffe, die es jetzt gibt, ungebremst und direkt in den Lockdown Nummer Vier führt. Irgendwie war das alles abzusehen, dass wir aus dieser Nummer nicht mehr so schnell rauskommen. Es hat sich schon letztes Jahr, im Corona-Jahr 1, angedeutet. Pannen bei der europaweiten Impfstoffbestellung, Schwierigkeiten bei der Planung von Corona-Schutzmaßnahmen, länderübergreifendes Zustimmungsgerangel bei der Findung und Umsetzung der richtigen Maßnahmen. Warum klappt das nicht, so wie in verschiedenen anderen Ländern, die mit der Durchimpfung der Bevölkerung schon viel weiter sind? Und das, ausgerechnet beim „Europaprimus Deutschland"? Es werden riesige Mengen Impfstoff in Deutschland hergestellt, auch der wirksamste von allen, und warum sind wir trotzdem hinten dran? Die Antwort auf diese Fragen ist nicht leicht, viele einzelne Parameter habe zu dem aktuellen Sachstand, zur Impflage hier in unserem Heimatland geführt. Jetzt sich gegenseitig die Schuld in die Schuhe zu schieben, ist wenig hilfreich, dumm und mitunter gefährlich. Die Lage wird besser werden, sich erholen, aber es dauert noch, auch, wie die Gründe dafür teilweise sehr komplex sind und mit menschlichem Versagen gekoppelt sind, aber damit sind jetzt nicht einzelne Politikerinnen und Politiker gemeint, alle Entscheidungsträger waren auf so eine Situation schlichtweg nicht vorbereitet.

Es geht einfach nicht vorwärts, so hat man den Eindruck, so wie jetzt, auf der A81 auf Höhe der Ausfahrt Feuerbach, heute, an diesem Donnerstagmorgen nach Ostern 2021, das wir wieder, leider, alleine verbringen durften, ca. zwei Kilometer vom Engelbergtunnel entfernt, wo die Brandmeldeanlage ausgelöst hat, jetzt ist es bereits 08.00 Uhr, ich höre das dritte Mal die halbstündlichen Nachrichten in SWR 1, seitdem ich hier stehe, und ich stehe weiter. Nach der letzten Verkehrsdurchsage steht vor jedem Tunnelportal eine Blechlawine von aktuell annähernd zehn Kilometern, und ich stehe mittendrin und komme nicht vorwärts, keiner kommt voran, man guckt aus dem Fenster und sieht den Fahrer im Auto nebenan, man schaut sich an und jeder zuckt mit den Schultern.

Ich schweife langsam ab mit meinen Gedanken, die Musik von SWR1 tut ihr Übriges dazu und die Moderatoren nerven nicht mit sinnlosem Geplapper, so, wie in manch anderen Rundfunksendern, wo gute Laune und Spaß großgeschrieben wird und alles andere egal ist. Nicht so die Mädels und Jungs von SWR1, die auch ernst sein können und keinen Verbalmüll über den Äther verbreiten. „Wish you were here" läuft gerade und Annet Lorisz erzählt von ihrem Kollegen Frank König, der seit einem halben Jahr jede Woche Meilensteine der Rock- und Popmusik, Vinylalben, immer zusammen mit ein paar Kollegen auf eine ganz eigene, sympathische Art präsentiert. Er liebt wohl dieses Album von Pink Floyd, das auch eines meiner Lieblingsalben ist. Jetzt ist irgendetwas anders, mehr ein Gefühl, ich schaue mich um und sehe rechts neben mir normal fließenden Verkehr, ich stehe auf der zweiten Überholspur ganz links, hinter mir ein großer, relativ neuer Jeep Grand Cherokee ganz in metallisches Silber gekleidet und vor mir ... gähnende Leere, das nächste Auto schon mehr als 100 m entfernt, ich war weg, bei Pink Floyd und den wunderbar sphärischen Klängen ihrer phantastischen Musik, habe mich bereitwillig in den „Music-Pool" gestürzt und bin fast untergegangen. Und der Jeep-Pilot hat nicht mal gehupt, ein dickes Dankeschön an diesen zeitweiligen Kollegen der Straße, knapp anderthalb Stunden waren wir uns sehr nahe, ohne Maske, ohne Abstand, nur mit Blech und ein wenig Luft zwischen uns. Ich lasse den Motor an, winke dem Fahrer dankend zu und freue mich über dieses wunderbare Erlebnis an diesem frühen Morgen auf der A81 am Donnerstag nach Ostern.

Der Tag hat gut begonnen und nicht schlecht aufgehört, danke unbekannter Jeepfahrer, danke Annett Lorisz und danke SWR1, ihr seid die Besten.

Und morgen geht es weiter, ein neuer Tag wird beginnen, und ich bin jetzt schon gespannt, was er für mich bereithält. Und ich weiß, ich kann mich glücklich schätzen, im Hier und Jetzt zu leben, Freunde zu haben und jeden Tag etwas Außergewöhnliches zu erleben, und ich meine nicht die großen Dinge, nein, ich meine die ganz kleinen, fast intimen Dinge, die mitunter ganz kurz sind, aber dafür umso ergreifender!

Lautertal war am 31.10. im Corona-Jahr Eins, und danach war Schluss. An diesem Abend saß ich mit zwei Freunden nach einer wunderschönen Tageswanderung im Großen Lautertal auf der Schwäbischen Alb in einem schönen Gasthof bei einem guten Abendessen und erlebte einen geselligen Abend, den letzten bis heute. Wann es wieder so sein wird, steht in den Sternen. Wir waren früh von Asperg losgefahren und stellten das Auto in einem kleinen Dorf am Anger ab. Als wir ankamen, war es noch kalt, doch die Sonne hat sich schon langsam durch die weißen Wolken geschoben. Außer uns war nur noch ein Caterpillar-Bagger unterwegs, der an einer Baustelle am Rande des Parkplatzes ein paar Paletten mit Baumaterial umlagerte. Ansonsten war es sehr ruhig. Wir zogen unsere Wanderschuhe an, setzten die Rucksäcke auf und los gings. Gleich hinter der nächsten Nebenstraße war der Eingang zum Tal und zwei Minuten später betraten wir in einer anderen Welt, so fühlte es sich an. Nebelschwaden zogen sich durch das enge Flusstal, Bäume tauchten wie skurrile Schatten auf und verschwanden wieder. Ab und zu flog ein Vogel vorbei, dann war es wieder ruhig und die einzigen Geräusche gingen von uns drei aus, jeder Schritt durchbrach die fast sakrale Stille, die Worte klangen gedämpft wie durch einen Wattebausch gesprochen, und wir versuchten irgendwie automatisch, uns der Stille der Natur anzupassen. Nach einer Viertelstunde lichteten sich langsam, fast träge die Nebelschleier und gaben den Blick frei auf eine Landschaft ohne Menschen, ein Stück Natur mit all seinen schönen Facetten und einen Farbenreichtum wie in einem Regenbogen, der vor uns auf die Erde trifft. Innehalten, schauen, nur schauen und genießen, das war das Gebot der Stunde. So ging es weiter, vorbei an Burgruinen, einem kleinen Dorf mit nur einem Gasthaus, ein paar Häuser und einer Mühle, deren Mühlrad stillstand. Nach einem knapp einstündigen Aufstieg erreichten wir dann, am Rande des jungen Donautals, einen Rastplatz in luftiger Höhe. Es ist mit Worten kaum zu beschreiben, was ich an diesem Morgen empfinden habe, und ich weiß auch nicht, wie ich damit anfangen sollte, Ruhe, Licht, Farben und Freundschaft, aus diesen vier Komponenten bestand dieser Tag, der nach unserer Vesperpause zwar nicht mehr so ruhig war, da am späten Vormittag immer mehr Wanderer unseren Weg kreuzten, aber daran werde ich mich sehr lange erinnern, so stark war dieses Gefühl, dass ich beim Erleben an diesem 31. Oktober letzten Jahres hatte. Und heute ist der 18. April im Jahr danach, im Corona-Jahr Zwei und es gibt aktuell keine Aussicht darauf, wann wieder eine Wanderung mit ein paar Freunden möglich sein wird, mit einem ganz normalen Abschluss in einem Gasthaus mit gutem Essen und Trinken. Wenn ich kein Optimist wäre, würde mich die Erinnerung daran traurig machen, aber so befinde ich mich in einem Zustand der Vorfreude, und es wird wieder möglich sein, und wir werden uns wieder treffen können, nicht nur Click&Collect oder Click&Meet, nein richtig echt mit Berührung, Freude und Lachen. Doch bis es soweit ist, wird unsere Geduld wieder auf eine lange Probe gestellt, ab nächsten Montag wird der Lockdown wieder verschärft, müssen Geschäfte schließen, gehen wieder Tausende Existenzen kaputt, steigt die Gewalt in den Familien an und es gibt immer mehr

Opfer nicht an der Pandemie, sondern durch die Umstände der Pandemie.

Das macht mich traurig, weil ich dagegen nichts tun kann. In der Politik wird gestritten, aber nicht nur wegen den zu ergreifenden Maßnahmen, bei denen sich Bund und Länder wieder einmal nicht einig sind. Nein, im Moment ist die Kandidatenkür für das zweithöchste Amt in Deutschland wohl wichtiger. Wir müssen dieses Rede- und Quatschlevel verlassen und endlich auf das Tun-Level kommen, weniger reden, mehr tun. Aber es bleibt schwierig, für alle Beteiligten. Trotzdem, wir müssen jetzt da durch, und die berühmten Arschbacken zusammenkneifen. Die Vorzeichen werden, trotz steigender Infektionszahlen - wir testen auch um ein Vielfaches mehr als noch vor einem Monat und die Mutanten sind auch schon hier bei uns angekommen - besser, von Tag zu Tag, von Woche zu Woche. Gestern konnten meine Frau und ich unsere Impftermine vereinbaren, und wir werden noch im April geimpft, und das ist gut so.

Der Baum vor meinem Fenster ist noch nicht weitergekommen, die letzten Tage war es wieder kalt, mit Nachtfrost. Er ist im Wartestand. Der Baukran dahinter bewegt sich auch nicht, es ist ja auch Sonntagnachmittag und der Himmel ist grau und wolkenverhangen.

Während ich hier so sitze und schreibe, fällt mir ein Erlebnis ein, das ich an einem Abend vor ein paar Tagen hatte. Ich war bei einem Freund zu Besuch, zwei Minuten zu Fuß, zwischen Baum und Baukran, in der übernächsten Straße wohnt er mit seiner Frau in einer wunderschönen Dachgeschoßwohnung , und da lag sie, auf dem Gabentisch, so hat mein Freund das Arrangement genannt, das er für mich vorbereitet hatte, ein paar ausgeliehene Sachen, die er mir zurückgegeben hat. Ein irisches Songbook, das ich mir vor zwei Jahren in Sligo an der Westküste von Irland in einem Musikladen gekauft hatte, eine CD von Cara, die tolle Musik mit vielen irischen Elementen macht und die ich in den vergangenen Jahren schon dreimal live gesehen habe, eine Musik CD, die er mir ausgeliehen hat und, ja da lag sie, die Single mit der Musik, die für mich das Lied der Pandemie geworden ist, Open Arms, eine Originalpressung aus dem Jahre 1981, und das war sein Geschenk für mich. Und wieder begegnet mir dieser Song, seit über einem Jahr schon, und immer hat er irgendeine Überraschung für mich dabei. Er begleitet mich durch Corona, und das ist gut so.

Heute war einer dieser Tage, die man eigentlich gleich wieder vergesse sollte, ein blöder Tag mit viel Stau, viel Laster und unvernünftigen Zeitgenossen. Die Arbeit lief nicht gut von der Hand und ich habe nur einen Bruchteil dessen erledigen können, was ich mir eigentlich vorgenommen habe.

Doch der Reihe nach. Heute Morgen, grau in grau, und die Handwerker sind erst später gekommen, aber sie sind gekommen. Nach der Baustellenbegehung im Garten ab ins Auto und zum Zahnarzt, Prophylaxe und Zahnreinigung. Dann noch kurz zum Hörakustiker, alles in Ordnung und ab auf die Autobahn. Soweit so gut, bis Zuffenhausen war alles okay, 10.00 Uhr die ersten Nachrichten auf SWR 1, die beiden Politikbuben aus dem konservativen Lager zoffen immer noch und die Grünen kündigen ihre Entscheidung in einer Stunde an. Ausfahrt Feuerbach und dann ....Stau! Schon wieder, warum ich, das zweite Mal innerhalb von acht Tagen! Aber eigentlich war ich noch gut drauf, das Team von SWR 1 spielt wieder tolle Titel, die versöhnen ein wenig. Stefan Orner erzählt von einer Lagerfeuersendung heute Abend. Hörer konnten ihre Lieblingstitel für einen Lagerfeuerabend ins Studio schicken, das Echo war so groß, dass sie gleich eine Vier-Stundensendung daraus gemacht haben, geil. Das Ganze steht schon auf Spotify zum Download, habe ich schon gemacht. Fünf Titel später stehe ich immer noch fast an der gleichen Stelle wie vorhin, jetzt Nachrichten, dann Verkehrsfunk, ist schon kurz nach halb elf inzwischen. Stau auf der A81 – weiß ich, stehe ja mittendrin, bereits acht Kilometer, bis zum Leonberger Dreieck, schön, ich stehe auf der zweiten Spur, rechts neben mir eine Wand aus Trucks und links bewegt sich auch nichts. Ich bin hier falsch, ich will in meine Bahn und kann nicht. Selber schuld, was muss ich auch mit dem Auto fahren, fünf Monate Glück gehabt, und jetzt? Glückssträhne vorbei? Was tue ich hier? Vergeude meine Zeit, aber es gibt grad keine Alternative. Schon wieder Nachrichten, ich bin am Grünen Heiner vorbei, super, es geht vorwärts, leider in Babyschritten. Wolfgang Heim ist im Studio und interviewt Marcel Wagner, Frankreich-Korrespondent mit fünf Jahren Aufenthalt in Paris. Dazwischen immer wieder gute und weniger gute Songs. Der nächste Nachrichtenblock ist vorbei, der Stau inzwischen 14 km lang, na bravo. Die zwei im Radio führen ein sehr interessantes Gespräch über Corona, Gelbwesten, brennende Notre Dame , Macron und Politik. Die haben es drauf, können einen mitnehmen und bringen viele Informationen. Dann plötzlich die Ankündigung, die Grünen haben entschieden.

Ich stehe wieder, direkt am Tunnelportal, zäh schiebt sich die Blechlawine nach Süden, im Tunnel ist es gleißend hell, Baustellenbeleuchtung? Es dauert und dauert und dauert. Dann endlich, nach gefühlt einer halben Stunde, wieder Licht am Ende des Tunnels. Raus, Fenster auf, frische Luft, zersetzt mit allen möglichen Abgasen, und dann die trockene Nachricht, dass Annalena Baerbock Kanzlerkandidatin der Grünen wird, wow, cool! Die Jungs haben sich immer noch nicht entschieden, wird das noch was? Jetzt haben sie es mit einem richtigen Kaliber zu tun, ich bin gespannt.

Ich habe aufgehört, die halbstündlichen Nachrichtenblöcke zu zählen, es werden immer mehr. So langsam wird es nervig, und dann, da, wo am Leonberger Dreieck die Karlsruher und die Heilbronner Autobahn zusammengehen und vierspurig weiter zum Kreuz gehen, vorbei an der Raststätte Sindelfinger Wald, stehen insgesamt fünf Spuren, inkl. Ausleitung Leonberg Ost, es reicht, ich mag nicht mehr, es ist schon nach zwölf und ich bin über zwei Stunden Teil dieser Luftverschmutzerbande, die sich Verkehr nennt. Ich weiß, das klingt sarkastisch, aber im Moment empfinde ich es so. Wegen einer Tagesbaustelle werden aus vier Spuren nach der Einleitung von Leonberg Ost sage und schreibe eine Spur, ja, eine Spur. Nach einer weiteren halben Stunde ist der Spuk dann endlich vorbei und ich komme gerädert, aber glücklich, in meinem Büro an, es ist jetzt schon 12.45 Uhr.

Irgendwie muss ich mich erst sortieren, das Telefon blinkt, etliche Anrufe heute Morgen, vom E-Mail-Postfach ganz zu schweigen, ein ganz normaler Montag. Kurz noch was aus der Kantine etwas zu essen geholt du dann gearbeitet. Aber irgendwie läuft es nicht, es dauert eine Zeitlang, bis ich drin bin im Schaffmodus, zu viel Blech und grauen Himmel habe ich noch im Kopf. Ich denke an meine Bienen, hoffentlich hört der Nieselregen bald auf, sie haben nicht mehr viel Futter. Das kann gefährlich werden, wenn das

Wetter nicht besser und stabiler wird. Ein paar Telefonate, zwei kurze Besprechungen und die Uhr zeigt 16.30 Uhr. Ich packe zusammen und gehe, mehr ist heute nicht drin, steige ins Auto und wieder geht's auf die raue Piste der A81, hoffentlich diesmal ohne Stau. Ich habe Glück, um viertel nach fünf steige ich aus dem Auto, schließe ab und fertig, für heute reicht es! Ich muss wieder umsteigen, bevor mich das ganze Blechgedöns und Gehupe und Abgase irre macht, ich will, ich muss jetzt wieder in meine Bahn, ich vermisse sie fast körperlich, aber es gibt einen Silberstreifen am Horizont der Stauhauptstadt Deutschlands, ich habe für nächste Woche eine Impftermin und dann fahre ich wieder S-Bahn, dann fühle ich mich dort wieder sicherer. Ich kann nicht glauben, dass ich mich tatsächlich über so etwas freue, eine Schutzimpfung, eigentlich etwas Banales, Alltägliches, zumindest vor Corona, und schon sind wir wieder beim Thema, aber ich jammere nicht, ich habe bis jetzt in der Pandemie viel gelernt, über mich, aber auch über andere.

Meine Highlights heute: Annalena als grüne Kanzlerkandidatin und meinen Entschluss, wieder auf meine Bahn umzusteigen. Man sagt ja, Vorfreude wäre das Schönste. Das Schönste ist es für mich vielleicht nicht ganz, aber trotzdem kann ich es eigentlich kaum erwarten, also doch Vorfreude die schönste Freude? Ein wenig bestimmt, nein mehr als ein wenig, ich freue mich richtig drauf, denn dann schließt sich der Kreis wieder, ich und der Stuttgarter ÖPNV.

Gerade habe ich nochmal SWR1 eingeschaltet, coole Sache über Smartphone und Hörgeräte via Bluetooth. Stefanie Anhalt hat gerade am Lagerfeuer Hannes Wader anmoderiert mit „Heute hier morgen dort". Und jetzt wird er abgelöst vom ebenso legendären

Neil Young, der ein goldenes Herz besingt. Und das ist das dritte Highlight heute! Wenn doch mehr Menschen nach den kleinen Highlights jeden Tag Ausschau halten würden, anstatt immer nur schneller, höher und weiter zu jagen, dann wäre es etwas erträglicher auf dieser Welt.

Reinhard Mey und über den Wolken. Nach Ansicht vieler Hörerinnen und Hörer gehört das genauso zu einem Lagerfeuer wie Stockbrot und Bier. Ist schon krass, draußen ist es kalt und trüb und die Jungs und Mädels von der SWR1 Band zünden ein Lagerfeuer an, das sogar über die Landesgrenze nach Neu-Ulm scheint, wie uns Stefanie gerade verraten hat. Ich habe so viel Hochachtung davor, was einige Radiosender seit einem Jahr unermüdlich auf die Beine stellen, mit so einer Hingabe, es klingt, als ob hier viel Herzblut mit an den Mikrofonen sitzt. Peter, Paul and Mary singen jetzt vom Leben in einem Flugzeug, und ich bekomme Gänsehaut, alles andere tritt in den Hintergrund, und das ist gut so. Eigentlich kennt man eher die Version von John Denver, aber ich kann jetzt nicht mehr sagen, welche Version schöner ist, im Moment geht mir der Song von Peter, Paul and Mary unter die Haut und verursacht Gänsehaut. Ich kann nicht mehr, jetzt kommt auch noch Dirty Old Town von den Pogues. Zu diesem Song habe ich eine ganz besondere Beziehung, den habe ich von meinen besten Freunden live an meinem Geburtstag gesungen bekommen, die Gänsehaut hört nicht auf, das Leben kann so großartig sein.

Ein neuer Tag, die Sonne scheint und der Baukran hinterm Baum zeigt heute nach links. Es ist, im Vergleich zu der gestrigen Kühle relativ warm und sonnig. Irgendwie bin ich müde und ausgelaugt. Mein Tinnitus quält mich, sobald ich etwas zur Ruhe komme. Aber das ist erträglich, es könnte viel schlimmer sein, es ist ein wenig mehr als ein Luxusproblem. 20. April im Corona-Jahr Zwei, noch zwei Monate, und wir sind schon wieder bei der Sonnenwende, das ist irgendwie irre, aber es ist das Leben, mit all seinen Facetten. Manchmal geht es quälend langsam vorwärts, und zu anderen Zeiten habe ich das Gefühl, das ich gar nicht Schritt halten kann mit meinem Leben und hinterherhinke. Irgendwie beunruhigend, aber ich glaube fasst, dass es normal ist. Keine Chance, zu entkommen. Aber will ich entkommen, spüre ich nicht gerade dadurch, dass ich lebe, am Leben teilhabe?

Warum wirkt das so komisch, warum sehne ich mich nach Ruhe? Ist es nicht die Sehnsucht nach einer gewissen Normalität, die sich ausdrückt in einer fast permanenten Müdigkeit und Abgeschlagenheit, ist es nicht der Beweis, das Corona einsam macht und ich mich einfach nur nach ein wenig Geselligkeit sehne? Geht es nur mir so? Ich glaube es nicht, ich kann es mir nicht vorstellen, dass alle anderen um mich herum im Moment glücklich sind. Hie und da ertönt ein Hilfeschrei, manche schreien aber nicht mehr, können nicht mehr schreien, sind schon zu einsam. Und wieder muss ich denken, dass ich ein Luxusproblem habe. Ich habe Kontakt, jeden Tag, mit meiner Frau, mit den Landschaftsgärtnern, die gerade unseren Garten verschönern, mit denen jedes Gespräch gut tut, im Job, persönlich und per WebEx, ist zwar kein richtiger Kontakt, aber immerhin Kontakt. Andere haben das nicht, also Klappe, mein Junge, es könnte viel schlimmer sein.

Der Baum vor dem Baukran leuchtet irgendwie ganz seltsam im Sonnenlicht, so ganz austreiben will er doch noch nicht. Am Donnerstag soll es nochmal kalt werden und den Frühling in Verwirrung stürzen, sagen unsere Freunde vom Wetterdienst. Ja, es ist aber trotzdem die Natur, und wir müssen uns nach ihr richten, denn sie richtet sich bekanntlich ja nicht nach uns, sie reagiert nur auf die eine oder andere Weise auf das, was wir ihr tagtäglich antun. Es geht auch anders, das wissen wir Menschen, doch wir tun es meistens nicht, sondern nehmen uns das Beste von ihr. Ob das immer gut geht? Sicher nicht. Die Jungs haben sich heute Nacht auch entschieden, Laschet wird Kanzlerkandidat, jetzt haben wir drei, und eine Frau dabei. Es bleibt spannend. Was wird geschehen im Herbst, bei Showdown in der Wahlschlacht, wird es eine Partei schaffen, einen echten Sieg davon zu tragen? Oder wird es wieder, wie schon so oft in den letzten Jahren, ein zerrissenes Ergebnis werden, bei dem der Wählerwille nicht ganz klar in einem Regierungsauftrag mündet? Wir koalieren uns irgendwann zu Tode, führen dann erst wochenlang Sondierungsgespräche, bevor es überhaupt zu Koalitionsverhandlungen kommt, solange sind wir eigentlich nicht regierungsfähig, die alte Regierung entscheidet keine wichtigen Dinge mehr und die neue Regierung ist dann noch nicht gebildet, es entsteht also eigentlich ein Machtvakuum, kann man das so sagen? Ist das vom Grundgesetz her so gewollt, beabsichtigt, haben das die Macher vor über siebzig Jahren in der Paulskirche tatsächlich so entschieden? Ich glaube, diese Möglichkeit stand damals nicht zur Debatte. Müssen wir deshalb jetzt eine Grundgesetzänderung herbeiführen? Fragen über Fragen, die ich nicht beantworten kann und eigentlich auch nicht will. Wo steuert Deutschland hin? Wird es schlechter? Was passiert mit Europa, wenn die Impulse aus Deutschland fehlen, wenn ein radikaler Umbruch kommt, wenn Annalena tatsächlich Bundeskanzlerin wird? Ich bin völlig überfragt, will eigentlich im Moment nur, das meine Bienen genug Futter haben und die nächsten kalten Tage gut überstehen. Und was noch? Das wir wieder ein wenig glücklicher sein dürfen, nur ein ganz klein wenig, und einer dem anderen in seiner Einsamkeit hilft. Denn dann, und nur dann, dann schaffen wir das!

3

Wenn man auf der A81 Richtung Heilbronn fährt und bei Mundelsheim die Autobahn verlässt, dann öffnet sich, wenn man an der Ausfahrt nach rechts abbiegt, vor einem eine Kulturlandschaft, die wunderschön ist, gerade jetzt, wenn in dieser Übergangszeit zwischen Winter und Frühling sich die Natur in ganz vielen, aber noch sehr zarten Farben präsentiert. Nach ein paar Hundert Meter sieht man in der Ferne zum ersten Mal den Wunnenstein auftauchen, umgeben von Weinbergen, die aussehen, als hätte ein kleines Kind ein paar Striche mit einem grünen Stift gemacht. Von weitem sieht es aus, als würden grüne Linien den Weg Richtung Wunnenstein weisen.

Ich bin etwas aufgeregt und unterwegs zu meinen Bienen. Gestern Abend haben mein Freund und ich vier Völker mit seinem Anhänger von einem Züchter in Horb am Neckar geholt und an ihre Standorte am Forstberg und am Lerchenberg gebracht. So einen Ortswechsel kann man frühestens in der Dämmerung machen, wenn der Bienenflug vorbei und die Bienen wieder im Stock bei der Bienenkönigin sind. Ein Volk davon war für mich. Um 22.00 Uhr, in fast völliger Dunkelheit, haben wir die neuen Völker an ihren neuen Standorten aufgestellt und die Fluglöcher geöffnet. Jetzt müssen sie sich nur noch eingewöhnen in der neuen Umgebung. Heute Morgen hat sich ein Bienensachverständiger des Landratsamtes angesagt, er will um 10.00 Uhr unsere Völker begutachten. Wenn er zufrieden ist, bekommen wir als Imker ein Gesundheitszeugnis für dieses Jahr und können sogar mit unseren Bienen auf Wanderschaft gehen.

Am Lerchenberg angekommen, ist mein Freund schon da. Jetzt noch die Schutzkleidung anziehen, den Smoker anwerfen und los geht's. Der Smoker hat die Imkerpfeife mit der Zeit ersetzt, es ist einfach praktischer, das Prinzip ist dasselbe, man erzeugt Rauch, um die Bienen ein wenig in den Stock zu treiben, damit man besser kontrollieren kann. Als erstes die Honigräume abnehmen, um das Brutnest kontrollieren zu können. Wenn man Glück hat, sieht man dabei die Königin, umgeben von Tausenden von Ammenbienen, aber das ist im Moment nicht das Wichtigste. Gibt es frische Brut, sind leere Waben bestiftet, also befinden sich darin von der Königin abgelegte Eier, sind Larven kurz vorm Schlüpfen? Das sind ganz vereinfacht die Fragen, auf die der Imker bei seiner Kontrolle Antworten sucht. In der Zwischenzeit ist auch der Sachverständige gekommen, ich bekomme leicht feuchte Hände, das ist aber nicht zu sehen, da ich lange lederne Imkerhandschuhe trage. Er schaut mir zu bei meiner Arbeit, stellt ein paar Fragen und kontrolliert einzelne Rähmchen, die er mir danach wieder in die Hand gibt. Dabei sieht er sich genau an, wie ich mit den Bienen arbeite, gibt mit ruhiger Stimme ein paar gute Tipps und korrigiert auch, wenn ich etwas nicht richtig mache. Das Ganze läuft sehr ruhig und in einem gemächlichen Tempo ab und ich bin froh darüber. Wenn der Imker hektisch ist, bei dem was er tut, merken das die Bienen sofort und werden auch nervös, mitunter sogar etwas aggressiv, das kann zu Fehlern führen und mitunter sogar zum Tod. Wenn eine Biene sticht, weil sich der Imker ungeschickt verhält, stirbt sie, und das ist nicht gut.

Ich bin mit meinem vierten Volk am Ende und der Sachverständige nickt mir freundlich zu. Ich habe in der Zwischenzeit auch ein wenig zu schwitzen begonnen in der morgendlichen Kühle, weil doch ziemlich angespannt war. Das merke ich erst jetzt, als ich fertig bin. Aber es ist alles gut gegangen und ich bekomme das ersehnte Gesundheitszeugnis. Erst letztes Jahr habe ich mit dem Imkern begonnen, mein Freund hat mir dabei sehr geholfen, bei ihm auf seinem Grundstück am Lerchenberg stehen auch meine vier Völker. Angefangen habe ich mit zwei Völkern. Ich bin gespannt, wo das noch hinführt.

Gestern Abend, als ich nach Hause gefahren bin, habe ich ein wenig Angst gehabt, ich war nach 22.00 Uhr noch unterwegs, mitten im Lockdown, in der Ausgangssperre. Doch ich war nicht allein auf der Straße, es waren zwar wenig, aber doch einige Autos unterwegs, vorwiegend junge Leute. Es ist strafbar, kann mit Bußgeldern belegt werden, aber irgendwo habe ich Verständnis dafür, wenn sich nicht alle daran halten. Der Lockdown geht schon zu lange und ich habe den Eindruck, unseren Politikern fällt nichts mehr Neues ein. Es ist auch verdammt schwer, hier den richtigen Weg und das richtige Maß zu finden. Am Ende wollen wir doch alle nur dasselbe, wieder ohne Abstand zusammen zu sein, nicht unbedingt Feiern bis zum Abwinken, nein, einfach nur leben zu können. Aber genau das ist im Moment nicht möglich, bevor wir nicht dieses Virus im Griff haben. Die Geduld vieler Menschen ist zu Ende, andere sind kurz davor, und die Politik gibt uns keine Perspektiven, keine Zeitkorridore, wann wieder mal ein Besuch im Biergarten möglich ist, wann wir wieder, wie 2019, einfach mal essen gehen können, ganz spontan ohne Tests und ohne Einschränkungen. Wie mir dieses „Click & Collect" oder „Click & Meet" auf den Geist geht, aber ich kann es nicht ändern, und wir müssen da durch, und es wird klappen, ich weiß es, in meinem tiefsten Innern spüre ich schon die Wärme des Menschen, den ich irgendwann wieder umarmen kann, mit jeder Faser meines Körpers sehne ich mich danach, und ich bin überzeugt, es geht vielen, sehr vielen so.

Und deshalb, ja, genau deshalb, müssen wir noch ein wenig warten, und es wird dann sein wie ein warmer Sommerregen, der erfrischend auf unser Gesicht fällt, wie ein zarter Windhauch, der uns tief in der Seele berührt, wie ein Klang, der unsere innersten Saiten zum Schwingen bringt, wie ein Wort, das Balsam für unsere Trommelfelle ist, wie das Leben selbst, so wird es sein.

Die Straße der Impfungen ist in der Grönerstraße in Ludwigsburg. Das Kreisimpfzentrum befindet sich im Filmstudio eines regionalen TV-Senders, irgendwie cool, jedoch ohne Kamera und Scheinwerfer. Hier sitze ich nun, bin kein armer Tropf, in der Wartezone und bin geimpft. Ich fühle nichts, weder Erleichterung, noch Angst vor Nebenwirkungen, sitze einfach nur da mit anderen Schicksalsgenossinnen und Schicksalsgenossen und warte, bis die vorgeschriebene Ruhezeit unter den wachsamen Augen der beobachtenden Ärztin und der Rotkreuzhelfer vorüber ist. Jetzt kann ich aufstehen, am Endeschalter vorbei, der netten jungen Dame im grünen Impfzentrumspolo noch kurz die Unterlagen geben und dann am ebenso freundlichen Wachmann, ganz in schwarz, der mir auch noch die Türe öffnet, vorbei nach draußen gehen, die Impfstraße verlassen. Das wars erstmal, für heute.

In sechs Wochen bin ich wieder da, zur Zweitimpfung. Als ich, eine Stunde vorher, gekommen und den grünen Hinweisschildern vom geschotterten Behelfsparkplatz auf dem angrenzenden Porsche-Design-Gelände bis zum Eingang gegenüber der ehemaligen Rockfabrik, bekannt in ganz Süddeutschland gelaufen bin, hatte ich ein nicht zu definierendes Gefühl. Was erwartet mich in dem großen, grauen Betonwürfel ohne Fenster, hinter dem riesig anmutenden, weißen Parabolspiegel, der direkt vor dem Studio steht? Impfungen kenne ich eigentlich nur vom Hausarzt, das Wort Impfzentrum kam vor Corona gar nicht in meinem Wortschatz vor. Ein Kollege des freundlichen Security-Beamten, der mich später hinauslassen wird, groß und stark tätowiert, aber sehr höflich gibt mir die Richtung an, in die ich mich auf meinem Weg durch die Impfstraße bewegen soll. Ich komme mir ein bisschen vor wie am Flughafen, schwarze Trennbänder säumen den Weg, Abstandskleber auf dem Boden weisen darauf hin, dass auch hier die AHA-Regeln einzuhalten sind. Vor der mit drei Damen in grünen Polos mit dem Logo des Impfzentrums Ludwigsburg bilden mit drei Tischen und durchsichtigen Plexiglasscheiben den Empfang. Die mittlere Dame winkt mich zu sich, und spricht mich auf Englisch an „Hi Doc, how are you?" Ich antworte mechanisch"Thanks, I am fine. And you?" und bin leicht verwirrt Habe ich eine falsche Abzweigung genommen, wo bin ich hier gelandet? Die Dame lacht, ihre Kolleginnen auch, kontrolliert meinen Impfcode auf der Einladung, schickt mich zur nächsten Station und sagt noch, auf Deutsch, und grüß mir deine Frau, was dazu führt, dass ich jetzt vollkommen verwirrt bin und leise frage, kennen wir uns, worauf es mir im breitesten Schwäbisch entgegenschallt, ja, kennst mi nimme, bin i so alt gwora? Als sie die Maske kurz abnimmt, um mir von der langen Leitung zu helfen, auf der ich offensichtlich stehe, fällt es mir wie Schuppen von den Augen, vor mir sitzt die Mutter eines Schulkumpels einer meiner Söhne und lacht sich einen Ast, die beiden Kolleginnen auch, während ich ein stotterndes Entschuldigung über die Lippen bringe und mich peinlich berührt und blamiert zur nächsten Dame in Grün begebe, die freundlich mit mir das Anamnesegespräch führt. Als ich sie auch noch frage, was denn das große, grüne B bedeutet, dass sie oben auf dem Anamnesebogen mit grünem Leuchtmarker schreibt, und sie mich freundlich darüber aufklärt, dass das die Kurzform des Impfstoffs von BioNhtec ist, bin ich für meine Begriffe für heute in genügend Fettnäpfchen getreten. Auf dem Weg zum Aufklärungsvideo in der nächsten Kabine gehe ich nochmal an der Anmeldung vorbei und frage meine Bekannte, ob sie mir noch einmal verzeihen kann, lacht das ganze Stationspersonal unisono und als die Antwort kommt, naja, ich überlege es mir, mache ich mich davon zum Corona-Film in die weiße Filmkabine, die rustikal mithilfe von vier Bauzäunen erstellt wurde. Von da an geht alles gut, nach dem Passieren der nächsten Wartezone, einem freundlichen, ca. 1 Minute und 30 Sekunden dauernden Aufklärungsgespräch werde ich weitergeleitet zum nächsten Bauzaunkubus, der, wie die anderen auch, mit eine festen weißen Folie umgeben ist, an manchen hängen außen große Werbebanner von den Schloss-Festspielen im Frühsommer, irgendwie grotesk, finden die überhaupt statt und, wenn ja, gestreamt oder in welcher Form, wo mich die freundliche Gerti, der Name steht auf einem Schild an ihrem grünen Polo, empfängt und mir dann den ersehnten Impfstoff in den rechten Oberarm schießt. Ein paar nette Worte zum Abschied und flugs, sitze ich schon in der Wartezone, in der auf den weißen Stühlen an den

Lehnen befestigte Transparente darauf hinweisen, dass die Ruhezeit 20 Minuten beträgt.

4

Wenn ein Sechsjähriger mit seiner vierjährigen Schwester über Impfstoffe diskutiert, dann weiß ich, wir sind immer noch im Jahr 2021, und Corona ist noch nicht besiegt. Ist das nicht irre? Aber echt. Seit zwei Tagen regnet es immer wieder, und wenn ich aus dem Fenster schaue, dann sehe ich den Regen wie durchsichtige Bindfäden, aber dahinter erkenne ich ihn, den Baum in Nachbars Garten, und jetzt hat sich was getan: er ist über und über bedeckt mit Knospen, ab und zu schimmert ein hauchfeines Grün durch den Regen, der Baukran zeigt heute nach links und es ist 1. Mai. Zum zweiten Mal fällt er der Pandemie zum Opfer, keine Wanderungen, kein Waldfest oben am Waldeck bei Tamm, kein Lachen, und keine spielenden Kinder überall, so wie sonst. Zugegeben, das Wetter ist bescheiden, aber es ist ja nicht nur das Wetter, das auf die Stimmung drückt. Manchmal nervt mich der ganze Coronamist mehr, manchmal weniger, im Moment ist es gut. Im Kopf habe ich die Musik von Jackson Browne. Er hat, wie viele andere Künstler auch, letztes Jahr ein paar Lieder ins Netz gestellt, die er in seinem Wohnzimmer gespielt hat. Ein Song davon ist „Late for the sky", der Song haut mich um, die Melodie und seine Stimme, er begleitet sich dabei selbst auf dem Klavier, geht tief rein, bringt die Seele zu Schwingen. Es ist ein sehr ruhiges Lied, aber es entwickelt vom ersten Ton an eine Kraft, ja, eine Dynamik in der Stille, das macht es groß, und doch wieder so klein, das es einem fast durch die Poren der Haut direkt ins Herz geht.

Ich befinde mich seit einiger Zeit auf Entdeckungsreise durch die jüngere Musikgeschichte des 20. Jahrhunderts, angefangen hat das alles, schon wieder dieses Lied, mit Open Arms, letztes Jahr im ersten Lockdown, damals am Vaihinger Bahnhof, an der Bushaltestelle, als mich die Musik von Steve Perry zum ersten Mal berührte. Damals hat es angefangen, und seitdem befasse ich mich intensiver mit der Musik dieser Zeit, wobei es mir vor allem die Singer-Songwriter angetan haben, Carole King zum Beispiel. Es fasziniert mich, dass einige von ihnen in hohem Alter immer noch Musik machen, sich selbst treu geblieben sind und auch ihren Fans. Komischerweise finde ich, dass ihre Songs, obwohl teilweise schon vor über 40 Jahren geschrieben wurden und populär waren, genau in unsere Zeit passen. Liegt es daran, dass ich mehr Zeit zum Nachdenken habe? Bin ich offener für musikalische Lyrik, was hat sich geändert in meiner Einstellung zu den Dingen? Hat sich durch Corona meine Lebenseinstellung geändert? War ich davor manchmal zu oberflächlich? Ich glaube, es ist von allem ein wenig, ich gehe auf jeden Fall bewusster durch den Tag, sehe Dinge, Kleinigkeiten, die mir vorher wohl nie so aufgefallen wären. Manchmal ist es anstrengend, und es überfordert mich fast, soviel stürmt gleichzeitig auf mich ein, aber es ist ein gutes Gefühl, ich erlebe kurze Augenblicke unbändigen Glücks, und ich erlebe es mit allen Sinnen.

So geht es mir auch mit der Musik, manchmal könnte ich weinen vor Glück, wenn ich bestimmte Lieder höre, da genügt dann schon der erste Ton, der erste Akkord auf der Gitarre, der erste Klavieranschlag, der erste gesungene Ton, es versetzt mich dann oftmals in Schwingungen, die einfach nur guttun. Ich wünschte, auch andere könnten das so erleben, so fühlen, wie ich es fühle. Aber ich glaube, es ist eine Gabe, nein, es ist ein Geschenk, das man so empfinden kann. Ich weiß nicht, warum und wie und wann ich dazu kam, ich glaube aber, durch die Corona-Pandemie ist es wesentlich stärker geworden. Und so versuche ich damit umzugehen, es zu hüten, wie einen Schatz, bleib doch, so bitte bleib doch. Diese Worte habe ich vor langer Zeit aus dem Mund von Konstantin Wecker gehört, bei einem Live-Konzert in den 80er Jahren, diese Worte fallen mir jetzt ein. Und er hat recht damit, bleib doch, so bitte bleib doch und geh nie mehr weg. Denn mit diesem Empfinden von Musik, mit diesem Erleben und Fühlen kann vieles leichter ertragen werden, auch der dritte Lockdown.

Draußen, vor meinem Fenster setzt langsam die Dämmerung ein, an diesem Maifeiertag 2021, der sich auch noch durch ein anderes Erlebnis auszeichnete, denn jetzt ist er wieder da. Ich habe ihn lange Zeit nicht mehr gesehen, doch heute, auf meinem Weg zu meinen Bienen, da habe ich ihn wiedergesehen, in einem leichten Dunstschleier von diesem nicht enden wollenden Bindfadenregen. Als ich von der A81 an der Ausfahrt Mundelsheim nach rechts gefahren bin Richtung Großbottwar, da war er wieder, inmitten blühender Kirschbäume, Ginsterbüschen und vielen anderen, blühenden Pflanzen. Und dieses Jahr ist seine Gelb genauso intensiv und leuchtend, kein Zitronengelb, nein, eher so ein volles Gelb, wie helles Eidotter, richtig frisch auf den, vom Regen nassen Stengeln, die sie dunkler erscheinen lassen, der erste Raps dieses Jahr. Nur ein Feld bisher, mehr habe ich nicht gesehen auf meinem Weg zum Wunnenstein, vielleicht hat der Bauer eine besonders früh blühende Art angebaut, ich weiß es nicht und werde es wohl auch nie erfahren. Aber es ist mir auch einerlei, das Wichtigste daran ist, dass er wieder blüht, wie jedes Jahr, und die Natur wieder einen Weg gefunden hat, einen Weg für das Leben, mehr ist nicht wichtig. Es regnet wieder stärker, als ich Richtung

Stockbrunnen abbiege, um zum Lerchenberg, dem Standort meiner Bienen zu fahren. Bange Fragen begleiten mich, hat sich das neue Volk, dass ich vor einer Woche bei einem Züchter gekauft habe, schon eingelebt, brütet die Königin, wird das Volk überlegen? Bis zum Schluss habe ich mir das neue Volk bei meiner Kontrolle aufgehoben, die anderen drei Völker vermehren sich gut, viele befüllte Waben sind zu erkennen, und jetzt kommt die Stunde der Moment der Wahrheit. Der Regen hat etwas nachgelassen, die Bienen mögen das nicht, wenn man den Stock öffnet und es wird nass von oben, das merkt man am Summton, der mit der Zeit etwas aggressiver wird. Vorsichtig hebe ich den Blechdeckel und lege ihn auf die links danebenstehenden Beuten des Nachbarvolkes, stelle den Honigraum in den Deckel und hebe vorsichtig das Gitter an. Mit dem Smoker schicke ich die Bienen zwischen die Rähmchen, damit ich mit den Kontrollen beginnen kann. Auf den ersten drei Rähmchen kann ich nichts entdecken außer Pollen und Nektar, den brauchen sie als Futter, auf dem vierten Rähmchen sind geschlossene Brutwaben zu erkennen, aber noch keine bestiftete Waben, so heißt es in der Fachsprache, und bedeutet, dass die Königin in die von den Ammenbienen vorbereiteten, offenen Waben Eier abgelegt hat, und diese Eier sehen aus wie ganz kleine, kaum zu erkennende Stifte, bei hellen Waben sind sie leichter zu erkennen, bei dunklen Waben, die man vorwiegend auf schon älteren Rähmchen findet, weil sie schon öfters belegt waren, ist es dagegen sehr schwierig. Endlich, auf dem fünften Rähmchen kann ich bestiftete Zellen erkennen, Gottseidank, die Königin legt Eier, das Volk vermehrt sich. Vorsichtig schließe ich den Bienenstock wieder in umgekehrter Reihenfolge, zuerst das Gitter, dann den Honigraum uns zum Schluss den Deckel. Auf einer Karteikarte im Deckel vermerke ich mit dem heutigen Datum, dass die Kontrolle in Ordnung war und ich Stiftchen gesehen habe, das ist wichtig, damit dokumentiere ich die Entwicklung meiner Völker. Jetzt geht es wieder zurück, der Regen hat ganz aufgehört, und über die Autobahn geht es wieder nach Hause. Als ich dort aussteige, regnet es wieder ganz leicht, aber das ist okay. Die Dämmerung hat sich bereits wie ein dunkles Tuch auf die Welt vor meinem Fenster gesehen, den Bau und den Baukran erkenne ich nur noch schemenhaft, aber sie sind da, und der Baum fängt zum Blühen an, und das ist gut so.

Heute hat es wieder den ganzen Tag geregnet, wie gestern, nur war der Wind nicht so schlimm. Heute Mittag hat es wieder nicht gereicht, um für eine halbe Stunde im Rosental spazieren zu gehen. Wenn ich in der Pause nicht laufen kann, fehlt mir etwas Wichtiges. Ich sehe kein Grün. Ich höre keine zarten Vogelstimmen, ich sehe den Himmel nicht, keine Spaziergänger mit oder ohne Hunde, ich spüre keinen Windhauch in meinem Gesicht. Eigentlich ist das nicht schlimm, ich kann ja abends raus, nach der Arbeit. Aber es ist nicht dasselbe, es ist wie ein Versorgungsgang zur Tankstelle des Lebens, wenn ich nach vier oder fünf Stunden Büro, Video- und Telefonkonferenzen an die frische Luft kann, kurz den Gang rausnehmen, atmen, laufen, sehen, wahrnehmen, teilhaben an den anderen Dingen des Lebens. Doch auch das ist Leben, wenn es mal nicht so läuft, wie man es sich vorstellt. Man kann planen, doch oftmals bestimmen andere deinen Tagesablauf, zumindest beeinflussen sie ihn. Das muss nicht immer negativ sein, aber es kann.

Jetzt hat es aufgehört zu regnen, die Dämmerung senkt sich langsam, ganz langsam auf die Dächer vor meinem Fenster an meinem Lieblingsplatz. Ich kann den Baum gegenüber sehen, aber nicht erkennen, ob sich das Grün schon weiter hervorgewagt hat, ich kann aber sehen, dass der Ausleger des Baukrans nach links zeigt, die Hälfte verschwindet allerdings hinter einem Hausdach. Die Wolken ziehen rasch vorbei, so, als ob sie Frau Holle mit einem Besen weiterschiebt. Dabei wird der Blick auf einen blassblauen, an den Rändern schon etwas dunkler werdenden Himmel gelenkt. In den Häusern werden die ersten Lichter eingeschaltet, die Fensterscheiben leuchten in einem gelbbräunlichen Ton und bilden einen seltsamen Kontrast zum Himmel. Die Wolken werden wieder mehr du ziehen jetzt schneller von West nach Ost vorbei, es sind aber keine schweren, großen Regenwolken mehr, sondern eher kleinere Wolken die aussehen, als ob sie sich aneinander festhalten, damit sie sich nicht verlieren auf ihrem Weg ins Nirgendwo. Heute bin ich irgendwie müde, ausgelaugt, morgen habe ich Homeoffice, da muss ich zumindest nicht in die Blechlawine, die jeden Tag von Norden Richtung Stuttgart rollt, vernichte nicht die Atmosphäre mit Abgasen, bin für einen Tag klimaverträglicher.

So langsam werde ich ruhiger, nehme die ruhige Abendstimmung in mich auf, lasse meine Träume fliegen, so wie damals, ja, vor ziemlich genau zwei Jahren, als wir mit Freunden eine gute Woche in Irland waren und eine schöne Rundreise gemacht haben. Diese Reise hat uns auch auf die Halbinsel Kerry geführt, für viele der schönste Teil der grünen Insel.

Dort, im Südwesten, liegt die kleine Stadt Waterville, an der rauen Küste des Atlantiks. An diesem Tag war es sehr regnerisch und der Wind zog in teilweise heftigen Böen über den Strand. Über eine ca. 50 Zentimeter hohe und ca. 1 Meter breite, graue Betonmauer, gelangt man hinunter auf diesen steinigen Strand, der leicht schräg ins Meer abfällt, heute in eine grüne, ohrenbetäubend schreiende Gischt mit weißen Kronen, die reichen bis zum Horizont, wo sie fast nahtlos in einen gräulich weißen, ab und zu gelb schimmernden Himmel übergehen. Und plötzlich liegt er vor mir, ich hebe ihn auf, den Stein, so wunderschön gezeichnet und zum Greifen nah. Ich hebe ihn auf, und er liegt in meiner Hand und ich spüre alles und doch nichts.

Die ganze Szenerie am Strand wirkt bedrohlich, sieht fast furchterregend aus, aber trotzdem irgendwie unheimlich schön und dramatisch. Der Mensch, ich, werde da ganz klein und demütig, vor diesem geballten Stück Natur, aber ich darf das sehen… you are allowed to…! Ich muss gehen, der Bus fährt gleich, aber ich kann mich nicht losreißen. Bitte, bitte lass' mich noch hierbleiben, eintauchen, ein Teil davon werden, mit den Gezeiten von Gestade zu Gestade fliegen ohne Hast, schwerelos, wie eine Möwe dahingleiten, die Bilder in mich aufsaugen, das Firmament, die Sturmböen, die grauen, schnell dahintreibenden Wolkenfetzen. Und der Wind nimmt mich und meine Seele mit auf seinem Weg.

Ich fliege in Gedanken, Seite an Seite mit ihm und mein Blick fällt durch die plötzlich entstehenden Spalten in den Wolken, die sich fast sofort wieder schließen und weiterrasen auf ihrem langen Weg über das Antlitz der Welt. Nur ganz kurz nehme ich die Welt darunter wahr, ein Stückchen Erde, wunderschön, der blaue Planet im Zeitraffer, vielleicht ein Berg, da, eine grün schimmernde

Wiese mit tausend Blüten, ein Bach, der sich leise durch das wogende Meer aus Gras schlängelt. Die Zeit steht still, für einen Augenblick, ich will bleiben, doch der Wind reißt mich fort, das Loch in den Wolken schließt sich wieder und ich fliege weiter. Da, ein unbeschreiblicher Donner, wie der Vorbote eines starken, alles verzehrenden Gewitters, das die Welt in Stücke reißt, doch es ist nur der Klang der Bushupe, die mich auch meinen Träumen reißt. Ich bin der letzte, es fängt an zu regnen, als ich an meinem Platz sitze, schüttet es bereits in Strömen, und in meiner Jackentasche spüre ich ihn, den Stein von Waterville, den ich die ganze Zeit fest umklammert hatte.

Das war wieder einer dieser Momente. Aber es sind genau diese Momente, die mir wie kleine Stücke des Universums vorkommen, und die ich für kurze Zeit in meinen Händen halten, in meinem Herzen spüren kann und die ich nie vergessen werde, so tief, fast körperlich, wie eine Berührung der Unendlichkeit, in denen es mir geht wie dem reisenden Spaceman, der schon in vielen Liedern besungen wurde, am schönsten eigentlich von Chris de Burgh. Ja, es ist dann ein ähnliches Empfinden, wie bei der Musik, bei bestimmten Liedern, die mich rauskatapultieren aus meinem Leben hinein in eine andere Welt, unfassbar, unglaublich, aber wunderschön.

Der Mantel der Dämmerung legt sich immer schwerer auf die Welt, ich sehe mehr und mehr Lichter hinter den Fenstern angehen, jedes leuchtet irgendwie anders, begleitet vom warmen Licht der Straßenlaternen, die, im Gegensatz zu früher, kein hartes, kaltes Neonlicht ausstoßen, sondern mildes LED-Leuchten, umweltfreundlich und energiesparend.

Morgen ist Freitag, schon wieder eine Woche im zweiten Corona-Jahr fast vorbei. Schauen wir mal, was der Tag für mich im Gepäck hat, ich bin gespannt und freue mich drauf.

Vom Wetter her leben wir eigentlich noch im April, es ist, einfach ausgedrückt, extrem. Vor ein paar Tagen hatten wir noch unseren Kaminofen an, jetzt, am Sonntag, ist es 29 Grad warm, zu war, um draußen nicht im Schatten zu sitzen. Die Getränke werden schnell warm, so wie im Hochsommer. Irgendwie fühlt sich alles verkehrt an. Gestern Abend gab es ein musikalisches Highlight, „Leonard Cohen Project", leider nur im Livestream, etwas anderes geht ja nicht. Jürgen und seine beiden Jungs, zusammen geballte Akustik-Gitarren-Power vom Feinsten, stimmen gerade „Suzanne" an, den Opener-Song, mit dem sie fast jedes Konzert beginnen. Draußen läuft der Rasensprenger auf Hochtouren, drinnen der Stream aus dem Glasperlenspiel in Asperg, irgendwie grotesk, aber leider wahr, ist auch ein Stück Coronageschichte. Jürgen erzählt mit ruhigen Worten von der langjährigen Wahlheimat Cohens auf einer kleinen, griechischen Insel, auf der es nur am Morgen und am Abend für jeweils eine Stunde Strom gibt und ist in der Zwischenzeit bei „So long Marianne" angelangt, ein Lied über seine Muse und Partnerin auf der Insel. Der Text handelt von einem langen Abschied und vielen, gemeinsam verbrachten Stunden, vom „sich-Auseinanderleben", von Trennung und doch enge, innere Verbundenheit bis zum Tod von Marianne. Das Zuhören bereitet mir fast körperliche Schmerzen, so viele Erinnerungen sind für mich mit der Musik verbunden: ein Livekonzert vor drei Jahren, Gitarrenunterricht bei Jürgen, spontane Darbietungen von Cohen-Songs an meinem letzten, runden Geburtstag, ja, an meinem Sechzigsten, Hausmusik im ureigensten Sinne im Wohnzimmer bei Freunden, es zerreißt mir fast das Herz. Warum nicht live, warum nur als YouTube-Video, warum sind wir nicht im Glasperlenspiel bei netten Leuten und schöner Musik? Was haben wir verbrochen, dass uns so übel mitgespielt wird, dass selbst unsere Grundrechte für lange Zeit beschnitten werden. Seid vorsichtig, haltet die AHA-Regeln ein, testet euch geht nicht zu viel nach draußen, wir bleiben daheim, Vorbild sein, kein Kontakt, wir müssen noch warten, wie sehr das nervt. Es verhindert genau das, was wir brauchen, die Nähe zu anderen Menschen, die uns seit letztem Jahr einfach so gestohlen wurde, quasi über Nacht, keine Freiheit mehr, keine Freiheit, sich dafür oder dagegen zu entscheiden, einfach nicht mehr erlaubt, gestohlen, leer, weg, Schuld hat Covid-19. Doch ist das wirklich so? Keiner weiß, wie man richtig damit umgehen muss, damit die Ansteckungen uns nicht überrennen. Auf welcher Grundlage sollen die von uns gewählten Politiker entscheiden? Auf welcher Basis die Legislative entsprechende Gesetze erlassen, die Executive die richtigen Maßnahmen ergreifen? Seien wir ehrlich, das ist verdammt schwer, da kann eine Entscheidung schon mal überzogen wirken, mitunter auch nicht zielführend und vor allem nicht nachvollziehbar sein. Doch was haben wir für eine Wahl? Im Moment eigentlich keine, um uns und um andere zu schützen, und das tut weh.

Jürgen singt mit seinen Jungs gerade einen alten Cohen-Song, „The Partisan", auch ein Lied, das unter die Haut geht, es erzählt von einem Untergrundkämpfer, der auch die alte Oma umbringt, weil es nötig ist, erinnert mich doch auch irgendwie an das Virus, bringt auch Leute um, ist aber nicht kontrollierbar, der Partisan stirbt irgendwann, das Virus mutiert, wenn es keine Opfer mehr findet, wenn die Gesellschaft so gut wie durchgeimpft wird.

Eigentlich ist alles gerade ein wenig traurig, doch, so komisch es auch klingt, die Stimme von Jürgen, die Cohen Songs und vor allem die Klänge der drei Gitarren trösten mich am Ende. Nach knapp zwei Stunden ist der Gig vorbei, Applaus gibt es vom Kameramann und vom Tontechniker, immerhin echter Applaus, und im Chat bedanken sich ein paar Zuschauer. Das war es, mal schauen, wie es weitergeht, was sonst noch kommt, ich bin zuversichtlich, Optimist und sehe keine rosige, aber eine bessere Zukunft für dich und für mich und für uns, eine Zukunft mit Corona, aber nicht durch Corona.

Das Thermometer zeigt 22,1 Grad, der Himmel ist eine Mischung aus weißen bis tiefgrauen, hohen Wolkentürmen und das Hausdach gegenüber leuchtet leicht im Sonnenlicht, die irgendwo am Himmel steht, wo ich sie nicht sehen kann. Der Baukran zeigt heute genau nach links und leuchtet ockergelb, und der Baum davor, ja, der Baum schmückt sich mit lauter noch ganz kleinen, hellgrünen Blättern, die aus dem Holz förmlich herausquellen und eine ganz eigene Atmosphäre vor den Wolken und den anderen Häusern im Hintergrund schafft. Es hat lange gedauert, die Natur hat sich hier viel Zeit gelassen, aber das Ergebnis ist dafür umso schöner. Bald werden auch zarte Blüten zu sehen sein und damit alles wieder verändern. Aber das ist vielleicht auch ein Geheimnis der Natur, dass sich das Bild, das sie dem Betrachter zeigt, sich von Tag zu Tag, manchmal sogar von Stunde zu Stunde oder in noch kürzeren Abständen immer wieder ändert. Ein leiser Windhauch lässt die Zweige des Baumes und der Sträucher in den Gärten, die ich von meinem Fenster aus sehe, erzittern, ganz leicht, ganz ruhig, manchmal ist die Bewegung kaum zu sehen. Es gibt unendlich viele Schauspiele dieser Art, ohne Drehbuch, ohne Produzenten und Regisseure, die Natur selbst lässt uns das erleben und wir müssen nicht einmal Eintritt dafür zahlen. Jetzt fliegt ein Zitronenfalter vorbei, er hebt sich klar gegen das rote Hausdach gegenüber ab und er ist schnell unterwegs, jetzt ist er wieder weg, und ich schaue und schaue, bin wie gefesselt, was sich in diesem Open-Air-Kino vor meinen Augen abspielt. Die Wolken ziehen jetzt etwas schneller vorbei, gerade schiebt sich ein grauschwarzer Wolkenturm vorbei, es wird wohl heute doch noch Regen geben an diesem 13. Mai im zweiten Corona-Jahr, an diesem zweiten Vatertag in Corona, müssen wir auch noch einen dritten so verleben? Oder gewinnen wir durch die Impfungen immer mehr Normalität zurück, welche Normalität kriegen wir? Diese Frage beschäftigt mich immer wieder und ich weiß keine Antwort darauf. Winfried Kretschmann wurde gestern in Stuttgart zum dritten Mal in Folge als Ministerpräsident gewählt und hat im Landtag sein zwölfköpfiges Ministerteam vorgestellt, ein Minister mehr als letztes Mal. Mit dieser Mannschaft will er die Folgen von Corona bekämpfen, vor allem denkt er dabei an die Jugend und die dafür notwendige Digitalisierung, die Opposition schießt schon wieder scharf dagegen, höhere Kosten durch mehr Ministerien und mehr Staatssekretäre, trotz Ebbe im Geldbeutel der Regierung, trotz hehrer Klimaziele. Aber ist nicht auch das ein Stück Normalität, dass sich die Politikerinnen und Politiker aus den verschiedenen Lagern gleich zu Beginn einer neuen Legislaturperiode wieder in die Wolle kriegen? Ist es nicht auch Sinn eines Parlamentes, das man sich im Plenum streitet über dies und das? Ich glaube schon.

Da, ein Spalt zwischen den Wolken, ganz schmal, aber dafür strahlend blau. Daneben öffnet sich noch ein Spalt und ein dritter kommt hinzu. Dann werden die Löcher wieder kleiner und kleiner, und bald wird die Wolkendecke wieder fest geschlossen sein.

Wie wohl der Himmel über Edinburgh aussieht, gerade jetzt, in diesen Minuten? Regnet es, scheint die Sonne, oder ist alles trist und grau? Als wir vor vier Jahren dort waren, hat rings um die Stadt, im Speckgürtel von Schottland überall der Ginster geblüht und hat die Landschaft mit einem wunderschönen, zartgelben Zauber belegt. Diese Bilder sehe ich gerade vor mir, und erinnere mich derweil an eine kurze Doku, die ich zufällig in der ZDF-Mediathek vor ein paar Wochen entdeckt habe „13 Minuten Edinburgh", dreizehn Minuten, die zum Träumen eingeladen haben, von Holyrood Palace bis Firth of Forth, von St. Giles bis Edinburgh Castle. Diese Stadt, in der Harry Potter das Licht der Welt erblickt hat, Dudelsäcke und Whisky zu Hause sind, und die mir fehlt, was mir gerade jetzt wieder, wo Reisen ins Ausland immer noch in weiter Ferne stehen, schmerzlich bewusst wird. Aber Träume, deine und meine, kann man nicht auf Abstand halten, da wirkt keine Ausgangssperre, die können geträumt werden, jeden Tag neu, egal wie hoch die Inzidenzen sind. Und das ist gut so!

Die Temperatur hat sich kaum verändert, vorm Komma steht immer noch 22, und die blauen Löcher zwischen den Wolken sind größer geworden. Kein Regen, der Wind ist noch schwächer geworden, doch wenn man ganz genau hinschaut, wiegen sich die Äste ganz sanft, normal? Und bald wandern wir wieder, ich weiß es, ich fühle es, ich kann den Duft der Natur schon fast riechen. Es dauert nicht mehr lange, dann wird das Jahr zu unserem Jahr, und wir strahlen genauso wie die Sonne, die da schwarze Dach vor meinem Fenster in gleißendes Licht taucht. Wir werden uns wieder in den Armen liegen, ohne Abstand, einfach nur, weil wir es wollen, weil wir Leben spüren wollen, einander wieder begegnen wollen, unseren gegenseitigen Herzschlag hören und fühlen wollen, nah sein, ohne AHA, einfach nur nah. Und es wird wie ein zwischenmenschliches Erdbeben sein, eine Welle der Menschlichkeit, wie ein warmer Regen, der in unsere geschundenen Seelen fällt und sie zum Schwingen bringt. Bei dem Gedanken daran stockt mir fast der Atem, zu lange ist die Zeit, in der wir auf körperliche Nähe und gemeinsames Erleben verzichten müssen. Wir sind alle ausgelaugt, gieren förmlich danach, wieder vereint zu sein, sich ohne Regeln treffen zu dürfen, ohne Angst, ohne Kontrolle, ohne Verbote. Mit jeder Faser meines Körpers sehne ich mich danach, dass es wieder möglich wird, und es wird möglich sein, schon bald, schon sehr bald wird sich alles ändern, ich weiß es, ich glaube daran, jeden Tag, jede Stunde, in jeder Sekunde. Doch wann das sein wird, weiß keiner so ganz genau, es wird sich finden, die Inzidenzen gehen Stück für Stück nach unten, bald werden sie auch hier die magische 100er Marke durchbrechen, dann wird es wieder möglich sein, einfach so zum Spaß, wieder shoppen zu gehen, in einer Eisdiele einen Espresso zu trinken, ohne Schnelltest, ohne Abstandsregeln, ohne Maske. Corona hat uns in diesem Punkt sehr bescheiden gemacht, indem das Virus Stück für Stück unser Leben eingeschränkt und verändert hat. Es wird sich komisch anfühlen, wieder ohne Maske über den Flur von einem Büro in ein anderes Zimmer zu gehen, ohne Maske in die Kantine zum Mittagessen oder in einen Besprechungsraum zu einem Meeting, aber auch das ist ein Stück Normalität, dass wir irgendwann wieder zurückbekommen.

Irgendwie ist heute so ein typischer Montag, nerviger Wind, tiefhängende Wolken, bestimmt regnet es mal wieder zur Abwechslung, ich habe Kopfschmerzen, nicht schlimm, gerade so, dass sie einfach nur nerven. Es geht nichts vorwärts, überall hängt man in einer Warteschleife - "Alle Servicemitarbeiter sind derzeit im

Kundengespräch, der nächste freie Mitarbeiter ist für sie, es dauert nur noch wenige Augenblicke, die dauern jetzt schon 11 Minuten. Blabla". Und man kann nichts tun, um das zu beschleunigen, da kann schon mal Frust aufkommen. Der Blick aus dem Fenster ist auch nicht berauschend, alles doof heute. Wo ist das tägliche Highlight, das einem sagt, hey, es ist toll auf dieser Welt, schön, dass du da bist, lass den Kopf nicht hängen, die Erde ist klasse, gerade heute, hier und jetzt. Doch es kommt nicht, niemals auf Bestellung, es ist da, wenn es da ist, und fragt nicht nach dem wann und wie. Es ist nicht planbar, natürlich nicht, sonst wäre es ja keine Überraschung, hätte keine Kraft, um dich aus den trüben Gedanken zu reißen, um dein Herz zu erreichen und mit Zuversicht füllen.

Warum gibt es solche Tage, warum kann es nicht immer zumindest einigermaßen gut sein, warum muss es auch mal öde und leer sein? Ich will das nicht, doch ich kanns nicht ändern, ich brauche das nicht, doch ich kann es nicht beeinflussen. Es gehört genauso dazu wie diese Höhenflüge, die mich ab und zu einfach mitreißen und fliegen lassen, und ich nicht weiß, warum das jetzt, ausgerechnet jetzt, mit mir passiert. Es ist immer wunderschön, unbeschreiblich, unvorhersehbar und zeichnen sich durch einen absoluten Seltenheitswert aus. Aber ich glaube, ich fühle, dass das auch so sein muss, auch wenn es mir nicht gefällt. Und warum finde ich keinen Gefallen daran? Es würde mir mit der Zeit wahrscheinlich etwas abgenutzt vorkommen, blasser und vermutlich auch schwächer werden, und dann, was dann? Und jetzt fängt es auch noch zum Regnen an, fast muss ich darüber lachen, thats life, und wie! Ich bleibe hier, bin geduldig, auch wenn es mir schwer fällt, es wird besser werden, auch an diesem Montag, an dem die

Zeit mir irgendwie bleiern auf dem Schultern liegt, die Warteschleifen am Telefon immer länger werden, und nichts von dem, was ich heute, an meinem freien Tag, erledigen wollte, die ToDo-Liste bleibt gleichlang, nichts geht im Moment. Jetzt ist das letzte blaue Himmelszipfelchen, dass ich gerade noch sehen konnte, auch weg, verschlungen von großen, dunklen Wolkenbergen, die sich langsam auf die Erde ergießen. Und hier liegt das Positive begraben, der trockene Boden bekommt Wasser, der Rollrasen, der seit knapp zwei Wochen in unserem Garten liegt, wird permanent gewässert, damit er in ein paar Wochen richtig schön angewachsen ist. Ist das nicht positiv? Für den Rasen schon, für mich primär erst mal nicht, doch was jammere ich hier herum. Mir geht es gut, ich habe die erste Impfung hinter mir, nächste Woche Urlaub und ein paar Tage Bodensee warten auf mich. Ich muss mich nicht sorgen um das nächste Gehalt, es kommt automatisch, mir geht es nicht so wie vielen in der Gastronomie, die während und wegen Corona ihren Job verloren haben, und den anderen, ebenfalls vielen, die krank auf den Intensivstationen liegen und nicht wissen, ob sie überlegen. Mir geht es nicht so wie den Armen in den Vorstädten europäischer Metropolen, die nicht wissen, wie sie ihre Kinder ernähren, ihre Kranken pflegen und schützen, denen, die keine Chance haben, einen Impftermin, geschweige denn eine Impfung zu ergattern. Also, was beschwere ich mich?

Es gibt keinen Grund zur Beschwerde, gar keinen, nur ein wenig miese Montagsstimmung, aber die geht auch wieder, bestimmt, bald, spätestens, wenn der Dienstag kommt, oder die Sonne wieder scheint, oder ein kleines Highlight kommt, ohne Vorankündigung, einfach so. Ich warte ab, und bin geduldig, auf das, was da kommt, was das Leben für ich bereit hält. Ach ja, der Baum in

Nachbars Garten, der vor dem Baukran, der profitiert sicher auch von dem Regen, er kann seine Wurzeln auffüllen.

Und während ich das schreibe, reißt die Wolkendecke ein wenig auf, und zeigt blauen Himmel, nicht viel, aber ein kleines Stück. Und die Warteschleife gibt mich endlich frei und ich komme weiter. Danke Montag, der doch nicht so schlimm ist. Danke Himmel, der du mir einen Ausblick schenkst, danke Sonne, die jetzt auch noch das nasse Gras im Garten zum Leuchten bringt.

5

Pfingstsamstag, und die Inzidenz ist leicht über Hundert, alles wieder zurück auf Null, keine Außengastronomie, geschweige denn Restaurantöffnungen, es fängt alles wieder von vorne an. Das kann echt frustrieren, kann, aber nicht. Es liegt an uns, wie wir damit umgehen können und wollen. Wenn ich so aus dem Fenster schaue, es ist Viertel vor Neun Uhr abends, sehe ich blauen Himmel, durchzogen von dünnen, schmalen Wolkenfetzen, die nach Osten ziehen. Die Sonne wirft aus westlicher Richtung ihre letzten Strahlen auf die Unterseite der Wolken und schafft so eine eigenartige Stimmung am Himmel, nicht so bedrohlich wie in den letzten Tagen, nein, eher etwas lieblich, mit einem Hauch von Romantik. Sie ziehen schnell, als ob sie geschoben werden, die Zeichen stehen aufVeränderung . Es wird wohl noch eine Zeitlang dauern, bis wir wieder beständiges, warmes Wetter, der Jahreszeit angemessen, haben. Es ist fast ein wenig so, als ob jetzt auch das Wetter Corona spielt.

Inzwischen ist es normal, wenn man irgendwo hin möchte, macht man einen Test. Die Testzentren schießen wie Pilze aus dem Boden, Apotheken, beim Roten Kreuz, ein Zelt auf dem Parkplatz vom Hornbach, so, wie man früher seine Currywurst oder Rote beim Imbisstand geholt hat, so geht man jetzt zum Testen. Ich kapiere das nicht, ich weiß nicht mal, ob das wirklich notwendig ist. Warum müssen wir uns alle testen lassen, wenn die Kontakte sowieso drastisch eingeschränkt sind? Ist das eine Kontrollmaßnahme, wer muss das wissen, das RKI? Was wird mit diesen Daten gemacht? Kann man da nicht sogar ein Bewegungsprofil von uns Getesteten erstellen? Ich bin wahrhaftig kein Verschwörungstheoretiker, aber langsam nervt mich das alles. Ein halbwegs normales Leben ist so nicht mehr möglich. Wo soll das hinführen? Eigentlich sind wir doch schon gläserne Bürger… Wer kann mir da eine richtige Antwort darauf geben?

Die Wolken sind jetzt langsamer unterwegs, da oben sieht es irgendwie friedlich aus. Das Kleid aus zartgrünem Laub, das den Baum vor meinem Fenster schmückt, wird langsam dichter, schon werden die Zwischenräume kleiner, die weiße Hausfassade dahinter wirkt wie gesprenkelt, wo sie vorher noch große, weiße Flächen hatte. Der Baukran zeigt auf acht Uhr, und auch hier, wo die beiden Hausdächer ein Dreieck bilden, wird es langsam dunkler, weil die Bäume hinter dem Kran, am Möglinger Berg, auch langsam voller werden. Gerade fliegt im Tiefflug eine Amsel vorbei, und tagsüber hört man sehr viel Vogelgezwitscher, irgendwie beruhigend. Jetzt ist die Sonne weg, am westlichen Horizont versunken, von den Sonnenstrahlen sieht man unter den Wolken nur noch einen hauchzarten Widerschein, vornehmlich in blassrosa, bald verschwindend. In den Häusern gehen die ersten Lichter an, die Dämmerung steht schon in den Startlöchern, bald wird sie sich auf die Dächer von Asperg senken und diesen Tag beenden. Die Steelers, eine Eishockeymannschaft aus Bietigheim-Bissingen, stehen im fünften Finalspiel in den Playoffs gegen Kassel, nachdem sie in der Finalserie schon 2 : 0 hinten lagen. Sie haben eine packende Saison gespielt und können endlich, wenn alles nach Plan läuft, nach mehreren deutschen Meisterschaften in der DEL 2, in die erste Bundesliga aufsteigen. Die MHP Riesen mischen die Basketballbundesliga auf, sind erster, und spielen in den Playoffs gegen Bamberg, die ersten zwei Spiele der Best of Five haben sie schon gewonnen, nur noch eins, dann sind sie weiter.

Und sonst? Viele Künstler stehen vor den Trümmern ihrer Karriere, kein Geld mehr, keine Auftritte, keine Chance. Lewandowski hat den Jahrhundertrekord von Gerd Müller aus den Siebzigern geknackt, 41 Tore in einer laufenden Saison, und morgen redet davon keiner mehr, dann denkt man an die Europameisterschaft die bald kommt. Und die Künstler? Die sind irgendwie kein Thema, und das ist nicht nur traurig, sondern fatal. Auch die Gehälter des Pflegepersonals scheinen kein Thema zu sein, nicht mal für die Gewerkschaften, so hat es den Anschein. Da sind im Moment wieder die Lokführer und Zugbegleiter eher wichtig, so scheint es. Was läuft da verkehrt in unserem Staat? Warum gibt es nur noch Corona, die Royals und Immobilienpreise? Existieren die Menschen nicht mehr, werden wir nur noch irgendwie verwaltet, die Kinder leiden sehr unter den Folgen der Pandemie, und die Jugendlichen auch, die müssen psychologisch betreut werden, damit sie keine Folgeschäden erleiden. Nein, sie müssen wieder spielen dürfen, ohne Maske, sie müssen wieder an die frische Luft, ihre Freunde treffen, eine Runde kicken, ohne Schnelltest, ohne Abstandsregeln, zum Fußballtraining gehen „warum nur die Profis, und die Kinder nicht?" Machen wir nicht unsere eigenen Kinder kaputt mit diesen Vorschriften? Heute Schule, morgen nicht, nächste Woche vielleicht wieder, aber nur, wenn die Inzidenzen blablabla… Wir brauchen hier andere Lösungen, keine psychologische Betreuung, sondern Gelegenheit, um wieder Kind, junger Erwachsener, Mensch zu sein, auch und gerade weil Corona präsent ist und aller Voraussicht nach auch bleiben wird.

Kennt ihr die Erdbeer- und Spargelverkaufsbuden, die gerade wieder überall aus dem Boden schießen? Die haben jetzt Konkurrenz bekommen. Mobile Corona-Testzentren sind jetzt der absolute Hit. Willst Du in die Eisdiele gehen, dann schnell noch ein Stäbchen in die Nase bei einem mobilen Testzentrum, negatives Ergebnis abwarten und dann die Eiskarte lesen. Ist das normal, oder ist das verrückt? Du willst mit Freunden endlich mal wieder ein Bier im Biergarten trinken, aber vorher musst du noch beim Wirt ein höchstens 24 Stunden altes, negatives Testergebnis vorzeigen, das ist ja schlimmer als in der ehemaligen DDR. Oder, du willst zum Hornbach oder OBI oder Bauhaus oder zu einem anderen Baumarkt, vorher in die Nase stechen lassen, Datenabgleich und erst dann darfst du dich Richtung Eingang bewegen. Dort wirst du gleich von einem Security in Empfang genommen, der mit stoischer Miene deinen Testbescheid kontrolliert und prüft, ob du einen Termin hast. Wenn nicht, darfst du wieder gehen und die Stupferei in der Nase war umsonst, nein, nicht ganz umsonst, du darfst ja auch in andere Geschäfte gehen, wenn du einen Termin hast.

Einmal pro Woche darfst du dich umsonst testen lassen, der generöse Staat übernimmt die Kosten dafür, nein, ich darf nicht so sarkastisch sein, es ist ja für unser aller Wohl. Aber wie lange soll das noch so weiter gehen? Gibt es mal wieder eine Zeit, wo wir wieder etwas ohne Schnelltest oder AHA-Regeln tun dürfen, einfach mal etwas Spontanes unternehmen ohne sich vorher immer wieder die gleiche Fragen zu stellen: Ist mein letzter Test nicht schon zu alt, gilt er noch, wo ist das nächste Testzentrum, kann ich da ohne Voranmeldung hin, wie lange hat das geöffnet, bekomme ich mein Testergebnis rechtzeitig und so weiter, und so weiter. Bin ich ein Nostalgiker, wenn ich mich sehnsüchtig an die Zeiten vor 2020 erinnere, wo die einzige Bedingung für einen Biergartenbesuch ein freier Tisch war? Verlange ich zu viel, wenn ich mir das wieder einmal wünsche? Bin ich ein Egoist, weil ich es kaum erwarten kann, wenn die vierzehn Tage nach der zweiten Impfung endlich vorbei sind und ich einige ganz normale Dinge, die vorher selbstverständlich waren, wieder ohne behördliche Genehmigung machen kann? Heute ist Dienstag, der Tag nach Pfingstmontag, ich habe Urlaub, aber es macht eigentlich keinen rechten Spaß. Wir wollen ab Donnerstag ein paar Tage zum Bodensee, gerade habe ich dafür noch die Terminbestätigungen für den Schnelltest morgen Abend ausgedruckt, sonst brauchen wir uns gar nicht erst ins Auto zu setzen und losfahren, denn ohne negativen Test, höchstens 24 Stunden alt, kommen wir nicht rein, dort, wo wir gebucht haben.

Zur Landesgartenschau und zur Mainau, natürlich nur mit negativem Test, gibt es bestimmte Zeitfenster, die via Internet gebucht werden können, sonst gibt es keine Landesgartenschau oder den Besuch auf der Mainau. Wer kein Internet hat, soll doch Freunde fragen, die haben bestimmt Internet, dann den Voucher für das Zeitfenster ausdrucken, Testergebnis mit einpacken und los geht's. Und wenn du eines vergessen hast, hast du Pech, zurück auf Los und nochmal von vorne. Wir müssen auch im Vorfeld genau festlegen, wann wir wohin zu Essen wollen, reservieren, darauf achten, dass der aktuelle Schnelltest, aber das habe ich ja vorhin schon beschrieben. Kann unter solchen Bedingungen Urlaub überhaupt noch gut tun, habe ich da noch einen „Relax-Effekt", kann ich mich unter den gegebenen Umständen überhaupt erholen? Das ist wahrhaftig eine schwierige Frage, auf die es keine einfache Antwort gibt. Gibt es überhaupt eine Antwort? Corona hat uns fest in Griff, wir wehren uns, so gut wir können, es ist nicht hoffnungslos, es geht aufwärts. Doch warum habe ich den Eindruck, als werden uns die Erfolge, die wir schon erzielt haben, nicht gegönnt? Warum werden immer neue Regeln aufgestellt, dass es uns nicht zu wohl wird? Warum warnt die Kanzlerin jetzt schon vor den vielleicht in der Zukunft mögliche Pandemien, die vielleicht auf die Weltbevölkerung zukommen? Sind wir Menschen irgendwo falsch abgebogen in den letzten 20 Monaten, dürfen wir uns nicht mehr freuen, ohne gleich über mögliche Gefahren in der Zukunft hingewiesen zu werden? Die täglichen Nachrichten sind schon schlimm genug, aber jetzt gilt es, für die Zukunft gewappnet zu sein, passt bloß auf! Ich diese „Erhobenezeigefingerpolitik" schier nicht mehr ertragen. Warum werden wir nur noch mit schlechten Prognosen gefüttert, anstatt auch mal, und wenn es nur für einen Tag ist, nicht nur negativ zu berichten.. Liebe Medien, was haben wir verbrochen, dass ihr uns 24 Stunden lang nur mit Katastrophen, Inzidenzen, Corona-Talkshows und Quizsendungen zumüllt, haben wir kein Recht mehr auf etwas Unbeschwertes, Lustiges, ohne gleich von Comedians, denen die beißende Sarkasmus und Schadenfreude aus den immer lachenden Mündern tropft, oder auf einen spannenden Abenteuerfilm ohne Ökokatastrophe, ja, oder mal einen einfachen Herz-

Schmerz-Fernsehfilm, damit wir uns wieder einmal ein wenig erholen können von den Strapazen der Corona-Berichterstattung, oder, Berichterstattung im Zeichen von Corona, als ob das die neue Weltreligion wäre.

Ich bin nicht frustriert von dem, was seit Monaten auf allen Kanälen abgeht, aber manchmal geht es mir einfach gegen den Strich, nur so etwas zu sehen, oder überall damit konfrontiert zu werden, das nichts mehr ohne Covid19 geht, nur noch mit! Denn das stimmt nicht, es gibt noch etwas anderes, es gibt das Leben, das zweifelsohne noch vorhanden ist, es gibt die Mitmenschen, die sich freuen über fünf Minuten Schnacken über den Gartenzaun, es gibt die Bienen, die irgendwann dieses Jahr vielleicht wieder Honig produzieren für uns Menschen, obwohl das andere, was sie für die Natur in ihrem ca. 40 Tage währenden, kurzen Leben, an dessen Ende sie vor Erschöpfung im Flug einfach herunterfallen und sterben, noch weitaus wichtiger ist: sie halten die Erde zusammen.

Die Bienen tun so viel Gutes, wir sind nicht in der Lage zu ermessen, wieviel sie tatsächlich tun und deshalb sollten wir dankbar sein und uns an ihnen freuen. Die Natur, die gerade jetzt wieder zu einem großen Wurf ausholt, ihrem Frühjahrswurf, und Leben schenkt, tausend und abertausendfaches Leben. Sie kleidet unsere Erde wieder in unzählige Farben, die so nur im Frühjahr möglich sind und aus unserem Planeten einen blauen Planeten mit, im wahrsten Sinne des Wortes, viel Atmosphäre macht. Wir müssen nur vor die Türe gehen und staunen wie die Kinder, ja, wie die Kinder, ohne Berechnung, ohne sich Gedanken darüber zu machen, ohne abzuwägen, einfach staunen und aufnehmen und fühlen und spüren.

Der Baukran steht immer noch auf ca. sieben Uhr, und der Baum davor wird immer grüner. Der Wind hat nachgelassen, am blauen Himmel stehen noch riesige, weiße Wolken, es ist noch nicht ganz vorbei, das unruhige Wetter, es gibt uns nur eine kurze Verschnaufpause, bevor es wieder unruhig wird. Beständig und warm wird es wohl erst im Juni, also lasst uns wieder ein wenig warten, denn das sind wir ja schon gewöhnt das Warten, auf den Termin beim Schnelltest, auf den zweiten Impftermin, auf das Zeitfenster, in dem wir eine Veranstaltung besuchen dürfen, aber ich will nicht sarkastisch sein, es könnte alles viel schlimmer sein. Deshalb ist Geduld in dieser Zeit wohl die beste Tugend, die einem hilft, alles zu bestehen und ertragen zu können. Es fällt schwer, es vermiest einem manchmal wirklich die Laune, unter den aktuellen Bedingungen ein bisschen zu leben, aber, ich weiß es, es ist möglich, für dich, für mich, für viele, leider nicht für alle. Aber wenn wir zusammenhalten, wenn wir es zusammen tun, diesen Wahnsinn die Stirn zu bieten, dann haben wir schon einen großen Schritt in Richtung unserer Zukunft gemacht, der Zukunft, die uns zwar oft an Corona erinnern wird, ohne, Corona wird es nicht gehen, aber wir können lernen aus den Erfahrungen, die wir jetzt zwangsläufig machen müssen, mit ihm zu leben und sich trotzdem am Leben zu erfreuen.

Regen, schon die ganze Nacht hat es geregnet, unser Rollrasen freut sich, ich auch, ich muss nicht gießen. Der Himmel ist grau, eine schwere Wolkendecke lastet auf der Welt und entleert sich. Das schafft neues Leben, ist also eigentlich gut. Doch uneigentlich ist es schade, es ist Ende Mai und ein Ende des schlechten Wetters ist nicht in Sicht. Ein leichter Windhauch streift durch die Büsche und den Baum vor meinem Fenster, ganz sachte bewegen sich die

Äste, so, als ob Busch und Bau miteinander sprechen. Ich bin sicher, dass es eine Art Kommunikation zwischen den Pflanzen gibt, so, wie bei den Tieren oder bei uns Menschen. Wie reden die miteinander, durch Farbenspiele, Bewegungen im Wind, sprechen die Wurzeln miteinander tief in der Erde, da, wo wir Menschen es nicht sehen, da, wo sich die Wurzeln mitunter berühren, ineinander übergehen, miteinander verflochten sind. Und dazwischen das riesige Netzwerk der Pilze, sind das vielleicht die Medien in der Pflanzenwelt? Sind sie Überbringer von Nachrichten von Baum zu Baum, von Busch zu Baum, von Blume zum Gras? Wir werden es wohl nie herausfinden, aber es ist auch nicht wichtig. Wichtig ist, wir miteinander sprechen, von Mensch zu Mensch, von Mensch zu Tier und, ja, von Mensch zur ganzen Natur. Wir müssen darüber reden, wie wir unser zukünftiges Leben auf dem blauen Planeten leben wollen, wir müssen aufhören mit unseren Lippenbekenntnissen zu Klimaschutzthemen und Umweltschutz, wir müssen endlich damit anfangen, es zu tun und nicht nur immer neue Abkommen treffen, die am Ende sowieso nicht eingehalten werden. Wie geht grüne Politik? Indem man sie macht.

In der Zwischenzeit hat der Regen aufgehört. Er erinnert mich ein kleines bisschen an Schottland und Irland, aber dort hat es immer sehr heftig geregnet, kurz und heftig, danach spielte sich am Himmel immer wieder ein phantastisches Schauspiel ab, wenn die Wolkenberge aufrissen und der blaue Himmel den Grauschleier über der Welt einfach in Stücke gerissen hat, den Rest besorgte dann die Sonne, die die flüchtenden Wolkenfetzen mithilfe des Windes eliminiert hat, nur um kurze Zeit später den ewigen Kampf der Elemente wieder zu verlieren und es erneut zu regnen begann. Doch für mich liegt etwas Tröstliches in dem Wissen um diese ständige Auseinandersetzung, es ist die Natur die dafür die Gesetze schreibt und nicht der Mensch. Der trägt zwar mit seinem Gebaren dazu bei, das sich die Klima langsam verändert, doch er hat keinen Einfluss darauf, die Geschicke der Natur zu bestimmen. Jetzt ist es fast windstill, das Thermometer auf meinem Schreibtisch zeigt gerade einmal 19 Grad Celsius an. Ich habe eine Jacke angezogen, denn es ist tatsächlich etwas frisch. Nachher packe ich noch einen kleinen Koffer, wir wollen morgen ein paar Tage an den Bodensee. Vorher müssen wir aber heute Abend noch einen Schnelltest machen, es muss alles seine Ordnung haben. Und wenn einer von uns positiv ist, hat sich der Kurzurlaub erledigt, bevor er noch angefangen hat. Ich bin zuversichtlich, dass wir fahren können, an etwas anderes versuche ich nicht zu denken, auch wenn es mir ein wenig Angst macht. Aber was bedeutet das, wenn einer von uns positiv wäre? Meine Frau und ich haben beide die erste Impfung hinter uns, es muss auch nicht zum Ausbruch kommen, und wenn, dann wird der Verlauf aufgrund der Impfung schwächer sein.

Aber es wäre natürlich schon etwas frustrierend, wenn wir nach so langer Zeit jetzt, wo wir endlich die Möglichkeit haben, wieder einmal rauszukommen, etwas anderes zu sehen, in Quarantäne müssten. Aktuell sind das zehn Tage, nach der neuesten Corona-Verordnung des Landes Baden-Württemberg, oder sind es doch vierzehn Tage? Ich weiß es nicht, die Vorschriften ändern sich ja ständig, Sachsen-Anhalt macht es so, Bayern anders und Baden-Württemberg geht einen Sonderweg, oder so ähnlich. Es ist schlimm, das man, sobald man etwas anderes außer Arbeiten, Home-Office oder Lebensmitteleinkauf machen will, sich erstmal in die neuesten Bestimmungen einlesen muss, damit man keinen Fehler macht. Hoffentlich hört das bald auf, oder man einigt sich endlich auf der großen, politischen Bühne der Landesfürstinnen und Landesfürsten auf eine gemeinsame Vorgehensweise im ganzen Land, damit alles ein wenig klarer wird für uns Bürgerinnen und Bürger. Aber damit ist wohl eher nicht zu rechnen. Also müssen wir noch eine Zeitlang durchhalten mit x-verschiedenen Vorschriften und Bestimmungen, rein in die Kartoffeln und raus aus den Kartoffeln. Nein, ich bin nicht frustriert. Es ist nur schwierig, in solchen Zeiten positiv zu denken, es ist etwas anstrengend, aber ich versuche es, jeden Tag, und meistens klappt es. Und wenn es mal ganz schwierig wird, mache ich für ein paar Sekunden oder Minuten, je, nachdem, Kopfurlaub, und denke an die grünen Wiesen von Irland oder an die Küste der Isle of Skye, dann entringt sich mir ein kleiner Seufzer, aber es hilft. Es ist, als ob dann plötzlich ein Windhauch mein Gesicht streift und ich rieche den Duft des nahen Atlantiks und schmecke für den Bruchteil einer Sekunde das Salz in der feuchten Luft am Ufer. Danach muss ich manchmal den Kopf schütteln, so stark war der Eindruck und ich muss erstmal überlegen, wo ich eigentlich bin. So intensiv ist es ganz selten, aber dafür umso schöner. Manchmal dringen dann auch Erinnerungen von Dudelsackklängen in mein Ohr, gerade so wie schnell vorbeiziehende Wolkenfetzen am Himmel. Und es macht mich ruhig und schenkt mir Kraft.

Das Thermometer zeigt jetzt 19,2 Grad Celsius, es wird wärmer. Draußen beginnt es wieder zu regnen, ganz leicht, dafür wird aber in ein paar Tagen die Natur in prächtigen Farben erstrahlen und uns daran erinnern, dass alles einen Sinn hat und nichts auf der Welt umsonst geschieht. Am Freitag soll es laut Wettervorhersage warm und sonnig werden, das würde passen. Ich freue mich drauf, wir wollen zur Landesgartenschau nach Überlingen, die eigentlich schon letztes Jahr ihre Tore öffnen sollte, aber von Corona ausgebremst worden ist. Später möchten wir noch zur Mainau übersetzen, ich bin so gespannt, ich war da noch nie in meinem Leben. Ich lasse mich überraschen, auf der Gartenschau gibt es auch eine Open-Air-Bibliothek, das Wort habe ich auch noch nicht gehört, bin aber neugierig, wie das ist und wie es auf mich wirkt. Ich kann es eigentlich kaum erwarten, aber übe mich in Geduld.

Der Blick aus dem Fenster von Zimmer 9 unterm Dach ist immer schön, doch heute ist er atemberaubend. Ein paar Vögel zwitschern um die Wette, doch so sehr ich auch suche, ich kann sie nicht entdecken, sie sind einfach da und vervollständigen ein Bild, dass ich schon sehr lange nicht mehr gesehen habe. Es ist 07.57 Uhr an diesem Freitag, dem letzten im Mai des zweiten Corona-Jahres. Hinter dem Lattenzaun, der die Wiese vor der Terrasse begrenzt und gleichzeitig die Grundstücksgrenze darstellt, erhebt sich ein Baum, umgeben von zum teil mannshohen Büschen. Der Baum selbst streckt sich mit seinen knorrigen Ästen, die teilweise überwuchert sind, von irgendwelchen Ranken, von denen ich nicht weiß, zu welcher Pflanzengattung sie gehören, Richtung blauer Himmel. Er steht genau vor meinem Fenster und lenkt dem Blick zum See, der sich dahinter, etwas tiefer gelegen bis zum Bodanrück erstreckt. Ich bin von diesem Anblick jedes Mal fasziniert, wenn ich hier bin, egal ob geschäftlich oder privat. Gestern Nachmittag standen wir noch auf dem Lidl-Parkplatz in Stockach und haben uns einen tagesaktuellen Corona-Test machen lassen, denn das ist ja quasi die Eintrittskarte für alles, was Spaß macht. Der Himmel über dem anderen Ufer des Überlinger Sees ist noch leicht dunstig, ein paar weiße Wolkenschlieren sind auch zu sehen, doch sie werden aller Wahrscheinlichkeit im Laufe des Tages verschwinden. Laut Wetterbericht sollen es heute über

20 Grad Celsius werden. Meine Frau und ich haben uns bis Sonntag hier eingemietet Wir sind gespannt, was uns erwartet. Es gibt sogar einen fünf Kilometer langen Rundweg über das Gartenschaugelände und die halbe Stadt am See ist mit einbezogen.

Hochsommer, Hochsommer im Mai. So kam es uns zumindest vor. Schon heute Morgen, als wir um 10.00 Uhr zum Testen auf dem OBI-Parkplatz in Überlingen standen, in einer Schlange von ungefähr 20 Menschen, und wir dachten, oje, das kann dauern. Aber nein, wir waren nach 25 Minuten schon fertig, die Testergebnisse, beide negativ, kamen nach weiteren zehn Minuten per Mail, wir fuhren gerade ins Parkhaus Stadtmitte, sehr geräumig, und stellten das Auto auf einen Parkplatz. Gut, beruhigend, auf in die Stadt, in der auch mein Lieblingsbuchhändler, Osiander, eine Filiale hat. Das ist immer gefährlich, Zeit, in Urlaubsstimmung und bei Osiander. Ergebnis: drei Bücher und eine „Zeit". Schon jetzt war es mehr als angenehm warm, nur ein paar Wolkenschleier hingen noch am blauen Himmel über dem Hafen rum, wir genehmigten uns ein gutes Eis, und dann holte ich die Eintrittskarten für die Landesgartenschau. Ein paar Meter zu Fuß am Ufer entlang, dann folgendes Prozedere: QR-Code mit dem gebuchten Zeitfenster vorzeigen, negatives Testergebnis der netten jungen, aber leicht überforderten Dame zeigen, dann Kombiticket entwerten und stempeln lassen mit einem grünen Stempel, und dann, dann konnte man noch immer nicht rein, denn dann wurden wir noch selber auf die Hand gestempelt, mit dem gleichen Stempel und derselben, blassgrünen Stempelfarbe. So, alles wieder einpacken mit dem freundlichen Hinweis, dass das Kombiticket für den Besuch auf der Mainau drei Tage ab Erstentwertung gilt und wir auf der LGA bis 19.00 Uhr bleiben können, und dann nichts wie rein. Doch wo? Irgendwie war das nicht klar ersichtlich, da kein Kontrollpunkt oder Schranke zu sehen war. Eine freundliche, schwarzhaarige Mitvierzigern in knallpinkem, offiziellen Gartenschauoutfit hat uns dann den Weg erklärt zum nächsten Blumenmeer.

So sind dann meine Frau und ich bei immer grellerem Sonnenschein, obwohl die Wetter-App für Überlingen schlappe 19 Grad Celsius bei bewölktem Himmel anzeigte, durch das Gartenschaugelände marschiert, nein, eher flaniert. Es war ein echter Urlaubstag mit Besuch von Strandkörben in stylischer Palettenbauweise und anderen, mitunter kuriosen Sitzmöglichkeiten. Zum Abschluss noch in einen angenehmen Biergarten zum Abendessen. Soweit, so gut, aber alles unter Corona-Bedingungen, teileweise kurios, ja grotesk, aber trotzdem schön. Und morgen geht es auf die Mainau, ebenfalls unter AHA-Regeln, bon voyage!

6

Sieben-Tage-Inzidenz heute Morgen unter 25, im Landkreis Ludwigsburg aktuell noch bei 40,2. Das gibt Hoffnung. Nächste Woche haben wir unsere zweiten Impftermine, dann noch vierzehn Tage, und dann ist erst einmal gut. Doch was ist dann gut? Wir müssen nicht mehr ständig einen Test machen, wenn wir einkaufen oder Essen gehen wollen. Kein Anstehen mehr vor dem Testzentrum, etwas freier bewegen, wieder einmal relativ unbeschwert in den Tag gehen, ja und dann ist auch etwas ganz Wichtiges, was in den letzten 15 Monaten nicht mehr möglich war, wieder machbar, Umarmungen, zumindest von ebenfalls Genesenen oder Geimpften. Es ist bizarr, sich darüber Gedanken zu machen, über Dinge, die eigentlich, bis Corona kam, völlig normal waren, und dann, weg, verboten, nicht erlaubt, komisch, blöd, einsam, berührungslos, allein, mir fallen so viel Worte dafür ein, für das, was wir alle am nötigsten brauchen und nicht durften, open Arms. Da ist er schon wieder, mein Corona-Song, den Steve Perry in den Siebzigern geschrieben und mit Journey eingespielt hat. Der Song, der mir seit langer Zeit nicht mehr aus dem Kopf geht, die Melodie, die mich nachts aufweckt, die ich das erste Mal mehr durch Zufall am Bahnhof in Stuttgart-Vaihingen gehört habe, an der Bushaltestelle, als im ersten Lockdown die Regeln plötzlich verschärft wurden, Maskenpflicht in den öffentlichen Verkehrsmitteln, kein Einstieg mehr vorne beim Busfahrer, der vordere Bereich der gelbschwarzen SSB-Busse, ich erinnere mich noch ganz deutlich, von einem Tag auf den anderen mit einer rotweißen Kette quer über den Gang gespannt, und in der Mitte ein Schild, Eintritt verboten oder so. Du steigst in den Bus ein, und bist noch mehr abgeschottet, du siehst die junge Mutter, die ihre Kinder in die Kita bringt, den einsamen Rentner, der immer die Strecke zwischen Bahnhof und Heerstraße nimmt und schon ganz früh beim Kaufland im Schwabenzentrum einkauft, du siehst sie alle, aber auch wiederum nicht, denn die Gesichter sind halb bedeckt, durch alle Arten von Masken, damals waren auch noch Stoffmasken oder Schals erlaubt, aber du findest keinen Kontakt mehr, kein freundliches Lächeln, die Maske verhindert, kein erstaunter Ausruf, keine sonstige Äußerung, die Gesichter wie gelähmt, versteckt, ausgesperrt, nicht dazugehörend. Mit der Zeit habe ich gelernt, die Stimmung ein wenig aus den Augen über der Maske abzulesen, ich gebe zu, es ist schwer und es gelingt mir nicht immer, aber damals schon habe ich die Sehnsucht der Menschen gespürt, die Sehnsucht nach körperlicher Nähe, nach Berührung, nach Anteilnahme, die man auch auf der Haut wahrnehmen kann. Das alles und noch viel mehr wurde uns in den letzten 15 Monaten genommen, nicht direkt von Corona, aber als mittelbare Folge hat es uns teilweise in die Vereinsamung getrieben, mitunter sogar in den Tod. Aber was ist so wichtig an der Berührung, so entscheidend an dem physischen Kontakt zwischen Menschen? Ich kann doch auch sagen, was ich denke und damit mein Gegenüber erreichen. Was ist der Unterschied, wenn zeitgleich mit dem Gesagten auch eine leichte Berührung mit der Hand dazukommt? Wir die Wirkung der Worte verstärkt, ändert sich deren Bedeutung, was passiert, wenn sich zwei Menschen berühren? Ich meine jetzt ganz bewusst diese kleinen, kaum wahrnehmbaren Berührungen, das sanfte Auflegen der Hand auf eine andere Hand oder auf einen Unterarm, das leichte Fassen an der Schulter, was drückt der Geber damit aus?

Ich glaube, die Bedeutung ist erst dann zu erahnen, wenn es nicht mehr möglich ist, wenn die AHA-Regeln eingehalten werden sollen und jede Berührung ein schlechtes Gefühl, mitunter einen schlechten Geschmack hinterlässt. Dann hat sie seinen Sinn verfehlt, und die Wirkung verpufft. Der schmale Grat zwischen Hoffnung, Verständnis, Einsamkeit, Verlust. Während des ersten Lockdowns ist eine Geschichte durch die Medien gegangen von ein Rentnerehepaar, bei dem de Frau so pflegebedürftig geworden ist, dass sie auf Dauer in ein Pflegeheim musste, weil der Mann an seine Grenzen gekommen ist und die Pflege nicht mehr allein leisten konnte. Soweit, so gut, doch dann wurden die Regeln verschärft und er durfte seine Frau nicht mehr besuchen, die Pflegeheime wurden zu Corona-Tabu-Zonen gemacht und er durfte seine Frau nicht mehr besuchen. Und dann ist er kurzerhand, ohne viel zu überlegen, zu seiner Frau ins Pflegeheim gezogen, um bei ihr zu sein, obwohl er kein Pflegefall gewesen ist. Er gab seine Freiheit, auf für seine Liebe, denn nach dem Einzug ins Pflegeheim konnte er auch nicht mehr raus, für lange Zeit. Diese Geschichte rührt mich immer noch zu Tränen. Ich weiß nicht, was aus dem Ehepaar geworden ist danach waren sie offensichtlich für die Medien nicht mehr interessant, und hier tut sich auch eine neue Tragik in der ganzen Corona-Geschichte auf, das einzelne Schicksal interessiert nicht, es geht nur u Zahlen, Daten und Fakten und der Mensch als Individuum verliert an Bedeutung, und seine Bedürfnisse? Man hat den Eindruck, für die Protagonisten der Pandemie, die man täglich in immer wieder neuen Talkshows sehen kann, rückt der Mensch in den Hintergrund, und es wird davon ausgegangen, dass de Zuschauer nur noch an Zahlen, Daten und Fakten interessiert sind. Und das war, ist ein Trugschluss.

Und jetzt, am 06.06. im Corona-Jahr 2, hat sich etwas geändert in dieser Beziehung? Ich befürchte nein, es sind immer noch Zahlen und Fakten, die enorm wichtig sind, Impfdosen, Inzidenzen, Corona-Verordnungen, Sperrstunden, Ausgangsbeschränkungen, Verweilverbote. Der Mensch mit seinen Bedürfnissen ist außen vor, wieder einmal, und das ist bitter, weil wahr!

Er geht nicht. Mein Corona-Song geht nicht mehr weg. Er geht nicht mehr weg, aus, vorbei, er geht mir nicht mehr aus dem Kopf. Einmal pro Tag muss ich ihn hören, sonst fehlt mir etwas, so scheint es mir. Ich höre ihn über Spotify. Wenn er auf einer Vinylscheibe wäre, wäre das Cover schon abgenutzt vom ständigen Rausholen und wieder hineinschieben.

Oder ich höre ihn in meinen Gedanken, tief drin, er ist immer da, er war nie weg. Seit über einem halben Jahr, als sich Deutschland im Schockzustand des ersten Lockdowns befand, da habe ich diesen Song von Steve das erste Mal bewusst gehört, aber ich weiß bis heute nicht, wie er zu mir gekommen ist, er war plötzlich auf einer Playlist namens „On repeat", die Spotify für mich erstellt hat, aufgrund der Songs, die ich immer wieder gehört habe, und dann war er da.

Im März 2020, mitten im Lockdown, hat er mich mit offenen Armen empfangen und nicht wieder losgelassen. Bis zu diesem Zeitpunkt war mir „Journey" nicht wirklich ein Begriff, den Namen hatte ich sicher schon mal gehört, Steve Perry? Fehlanzeige! Aber dann dieser Song, der rührt etwas an, tief in meiner Seele, dringt in mein Herz vor, gibt mir Kraft, stärkt mich, gibt mir Halt, wenn es kaum auszuhalten ist. Aber warum? Was bewirken diese Zeilen in mir? Was passiert mit mir, wenn ich die Musik und diese Stimme höre?

Der Song lässt mich nicht los, ich habe in den letzten Tagen einen neuen Text dazu geschrieben, einen Text über die Welt und uns und Corona. Jetzt, mehr als 40 Jahre, nachdem ihn Steve das erste Mal auf der Bühne gesungen hat.

Die Musik hebt mich buchstäblich aus den Angeln, versetzt mich in einen Schwebezustand, den ich bis dahin noch nicht kannte, er kehrt mein Innerstes nach außen. Und ich weiß nicht, warum. Manchmal kommen mir Tränen, wenn ich ihn höre, ich fühle die Musik fast körperlich, sie trägt mich fort und ich kanns nicht erklären... und will es auch nicht -Open Arms-

Aber es muss doch einen Grund haben. Liegt es vielleicht am Text, an der Musik? Oder an beiden? Was verbindet mich mit Open Arms? Diese Frage lässt mich nicht mehr los. Ist es eine Schnulze? Werde ich sentimental, wenn ich es höre? Fange ich zu weinen an und, wenn ja, warum? Joe Biden ist heute zum 46. Präsident der Vereinigten Staaten von Amerika vereidigt worden. Wir saßen beim Abendessen und haben in der Tagesschau, die Nachrichtensendung mit den höchsten Einschaltquoten in Deutschland, die Vereidigung vor dem Kapitol in Washington mit Tausenden von Stars and Stripes-Bannern und Lady Gaga gesehen, da hatte ich Tränen in den Augen. Und was hat das nun mit diesem Song von Journey zu tun? Nichts, und doch so vieles. Ich kann es kaum beschreiben, doch ich versuche es.

Eigentlich ist es ein kleines, einfaches Lied, zwei Strophen, zweimal Refrain und aus. Der Text, im Grunde simpel, beschreibt ein Paar, das anfangs eng miteinander verbunden war, doch dann sind die beiden irgendwie auseinandergedriftet und am Ende wieder zusammengekommen. Steve Perry singt am Beginn der zweiten Strophe von einem leeren Haus, dass ohne dich so kalt ist. Dann kommt sie wieder und alles gut, reduziert auf das Notwendigste. Seine Stimme passt perfekt und kann viel Gefühl rüberbringen. Was noch? Ja, da ist noch die Musik, Klavier, Gitarren, Schlagzeug, am Ende kommt noch ein zarter Streichersatz dazu.

Am Anfang Solo mit Klavier, dann, zwischen Refrain und zweiter Strophe, übernimmt langsam die Gitarre und drängt das Klavier mehr und mehr zurück, der Song wird etwas rockiger, und später, am Ende, die letzten Takte der Melodie, gibt es wieder ein kleines, feines Klaviersolo, alles sehr gediegen, weich und anschmiegsam.

In den 70ern haben wir auf solche Songs Stehblues getanzt, ein Ohrwurm für Annäherungsversuche an das andere Geschlecht, schlicht und schön.

Diese Art von Songs hat mir damals schon besser gefallen als die harten Rockballaden, da hier, meiner Meinung nach, sich die wahren Künstler unter den Rockmusikern offenbarten. Die Songkonstruktion – gibt es dieses Wort überhaupt - war oft filigran und harmonisch, weniger von dynamischen, harten Powerchords durchsetzt. Solche Songs gab es viele. Gary Moore, Santana, Whitesnake, alle hatten solche Lieder im Programm.

Aber warum ausgerechnet Open Arms? Warum berührt der Song, trifft mich ins Herz, nimmt mich mit auf die Reise, auf einen Kurztrip zum Ende des Regenbogens, um mich dann, wenn die letzten Töne verklungen sind, wieder hart in der Realität landen lässt? Andere Songs nehmen mich auch mit, entführen mich: Stairway to heaven, Telegraph Road, Child in time, doch der Kontakt zum Hier und Jetzt bleibt bestehen.

Bei Open Arms bin ich vom ersten Ton an weg, verliere den Boden unter den Füßen, bleibe draußen und schwebe im Nirgendwo, gestrandet in einer Wolke aus Gefühl und Heartbeat, die mich mitreißt und fortschwemmt, weg.

Es muss einen oder mehrere Gründe geben, dass ich den Song schon wieder im Kopf höre, dass mich die Stimme von Steve jeden Tag begleitet, ob ich das will oder nicht. Und es tut mir gut, wenn ich die, ja, die musikalische Dichtung namens Open Arms höre, fühle, versuche, zu begreifen, immer wieder neu.

Der Text ist schlicht und einfach gehalten. Nehmen wir die erste Strophe:

„Lying beside you, here in the dark

Feeling your heart beat with mine.

Softly you whispered, you're so sincere.

How could our love be so blind?

We sailed on together,

we drifted apart

And here, you are by my side.

Sieben Zeilen, 39 Worte, 50 Silben, nicht mehr und nicht weniger.

Der Refrain:

So now I come to you with open arms.

Nothing to hide, believe what I say.

So here I am, with open arms

Hoping you see, what your love means to me

Open Arms

Fünf Zeilen, 34 Worte, 41 Silben. Und so geht es weiter.

Die zweite Strophe:

Living without you, living alone
This empty house seems so cold.
Wanting to hold you,
wanting you near
How much I wanted you home?
But now that you've come back,
Turned night into day
I need you to stay

Acht Zeilen, 40 Wörter, 48 Silben.

Und am Ende nochmal der Refrain: fünf Zeilen, 34 Worte, 41 Silben.

Zusammen sind das: 25 Zeilen, 147 Worte und 180 Silben, das ist eigentlich alles, ein Text in der Art, wie es bestimmt Tausende und Abertausende in allen Sprachen auf der ganzen Welt gibt. Es geht um Liebe, sich Auseinanderleben, Einsamkeit, Sehnsucht und wieder zusammenkommen.

Wo liegt das Geheimnis? Wie kann ich ihm auf die Spur kommen? Ich bin sicher, ich werde die Lösung finden und das Geheimnis und die Faszination von Open Arms lüften. Es gibt viele Wege, die jetzt noch verborgen scheinen, aber sie werden nach und nach ihre Schleier heben und den Blick freigeben auf die Puzzleteil-chen, die es zu sammeln und zu einem Ganzen zu verbinden gilt.

Ein Weg führt über den Text. Dann probiere ich das mal.

Erste Strophe, erste Zeile:

Lying beside you, here in the dark

Liege neben dir, hier in der Dunkelheit

Da kommen mir sofort viele Fragen in den Sinn. Wer liegt neben dem Erzähler? Ist es eine Frau, ist es ein Mann? Wie heißt sie, oder er? Wie heißt der Erzähler? Erzählt Steve Perry von sich?

Dass ist alles nicht bekannt. Bekannt ist aber, dass beide im Dun-keln liegen. Warum? Ist der Strom ausgefallen, ist es Nacht? Wo liegen die beiden? Auf der Couch, auf dem Boden, liegen sie im Bett, auf der Wiese? Es kommen immer mehr Fragen, die ich nicht beantworten kann. Was passiert, wenn zwei Menschen im Dun-keln nebeneinander liegen?

Das kann ich beantworten, denn das passiert jede Nacht, in jedem Schlafzimmer, Hotelzimmer oder Zelt. Auf der ganzen Welt, in Afrika und Toronto, in Asperg und auf Grönland. Das wird schon lange so gemacht, ja, selbst die Neandertaler haben nachts zusam-men gelegen und geschlafen, miteinander oder alleine, einfach nur geruht, mit oder ohne offene Augen, so, wie es jedem beliebt.

Die zweite Zeile:

Feeling your heart beat with mine

Spüre deinen Herzschlag mit meinem

Da liegen zwei Menschen nahe beieinander, der Erzähler spürt den Herzschlag der Person neben sich und seinen eigenen. Aber wie schlagen die Herzen, miteinander, im gleichen Takt, füreinander, weil die Liebe zwischen den beiden grenzenlos ist? Oder ist es einfach nur ein Wunsch, dass beide Herzen im gleichen Rhythmus schlagen?

Die Eigentümer der beiden Herzen sind eng beisammen, mögen sich, respektieren, ja lieben sich wahrscheinlich. Es kann aber auch bedeuten, dass sie sich einfach gut verstehen, miteinander durch dick und dünn gehen, aneinander glauben, füreinander sprichwörtlich durchs Feuer gehen. Echte Freundschaft, die ein ganzes Leben währt.

Es gibt also verschiedene Möglichkeiten, den Herzschlag eines anderen zu spüren, genauso wie seinen eigenen.

Die nächste Zeile:

Softly you whispered, you're so sincered

Dein Flüstern ist so sanft, du bist so aufrichtig

Leise gesprochene Worte sind oftmals schwerer als laute Worte, sie können treffen, tief im Herzen, die Seele verletzen, aber auch heilen und liebkosen.

Sie können ein scharfes Schwert sein, aber auch wahre Liebe bringen. Sie finden und treffen ihr Ziel. Man muss sich konzentrieren, um ein Flüstern zu verstehen.

Du bist so aufrichtig! Die Ehrlichkeit ist eine Tugend. Ohne Ehrlichkeit gibt es keine Wahrheit, doch die Wahrheit ist oftmals schmerzhaft, kann Herzen zerbrechen, kann Menschen verbittern, zerstören, vorübergehend, aber auch für immer. ‚Dein Flüstern ist so sanft, du bist so ‚aufrichtig' was heißt das? Was war die Botschaft, die ‚die sanft und leise dahingehauchten Worte' mit sich gebracht haben?

Zeile Vier:

How could our love be so blind?

Wie konnte unsere Lieben so blind sein?

Irgendetwas ist passiert mit der Liebe. Wurde Vertrauen missbraucht? Sind dunkle Wolken am Firmament der Liebe aufgezogen?

Liebe macht blind, heißt es in einem alten Sprichwort. Alles, jede Änderung, wirft seine Schatten voraus. Wenn ich vor Liebe blind bin, sehe ich sie dann nicht, die Vorzeichen von etwas, was kommt und nicht unbedingt gut ist für unsere Liebe?

Ist es vielleicht ein Schutzmechanismus des eignen Ichs, das die aktuelle Situation mit dem Partner oder der Partnerin noch lange erhalten will und blendet deshalb alles andere aus? Liebe macht blind, passiert das in Open Arms?

Die fünfte und sechste Zeile:

We sailed on together,

we drifted apart

Wir sind gemeinsam gesegelt,

wir haben uns voneinander entfernt

Zuerst pure Freude, wir tun etwas gemeinsam, wir brechen zu neuen Horizonten auf, und doch hat es nicht funktioniert mit uns beiden. Wir haben uns voneinander entfernt.

Da kommt eine Bitterkeit ins Spiel, Trauer mischt sich in die Liebe, es wird dunkel und das Vertrauen zueinander schwindet mehr und mehr. Vertrauen, ein wichtiger Baustein im Haus der Liebe, der Mörtel, der die Steine zusammenhält, bröckelt langsam ab, und die Steine werden lose, finden keinen Halt mehr, fallen heraus und das Haus der Liebe bekommt plötzlich Risse und keiner versteht, wie es soweit kommen konnte.

Zeile Sieben:

And here, you are by my side

Und du bist hier, an meiner Seite

Eine Feststellung. Du bist jetzt hier, doch wie lange noch? Du bist an meiner Seite, doch was ist passiert? Geht es zu Ende mit uns, habe ich was falsch gemacht? Du bist an meiner Seite. Was passiert mit mir, wenn du nicht mehr an meiner Seite bist? Stürzt dann der Himmel ein, bricht alles über mir zusammen?

Kann ich leben ohne dich? Jetzt bis du hier, doch wo bist du morgen, nächste Woche, nächstes Jahr? Wenn nicht du, wer ist dann an meiner Seite, wie geht es weiter, gibt es ein Leben ohne dich?

Und dann kommt dieser Refrain:

So now I come to you, with open arms

Nothing to hide, believe what I say

So, nun komme ich zu dir, mit offenen Armen,

nichts zu verbergen, glaube, was ich sage

Jemanden mit offenen Armen empfangen, ohne Netz und doppelten Boden, ehrlich, ohne Rückfallebene, blindes Vertrauen, erwarten, was da kommt, und bedingungslos annehmen.

Wird das Angebot angenommen? Reicht es aus? Oder fehlt etwas? Ehrlichkeit, Vollständigkeit, Offenheit, totale Offenheit. Ist es totale Offenheit? Wenn jemand sagt, ich habe nichts zu verbergen, kann das nicht auch das Gegenteil bedeuten? Wird es nur noch schlimmer, oder fliegen wir zusammen auf Wolke Sieben, natürlich mit offenen Armen?

Glaube, was ich sage, du musst daran glauben, Glaube versetzt Berge, muss er das hier überhaupt?

Wer ist wie weit in die Irre gesegelt, in das unbekannte Gewässer, sicher dunkel und spannend, doch vielleicht auch gefährlich, während eine einfache Liebe zwischen zwei Menschen vielleicht nicht wirklich aufregend, sondern eher langweilig ist? Was ist falsch gelaufen, hat die Würze gefehlt, das Abenteuer in der Partnerschaft? Wer war schuld daran, kann man überhaupt jemand die Schuld zuweisen, und wenn ja, wem?

So here I am with open arms

Hoping you see, what your love means to me

Open arms

Also, hier bin ich, mit offenen Armen,

ich hoffe du siehst, was deine Liebe für mich bedeutet

offene Arme

Ohne Kompromiss, hier bin ich, nimm mich, oder lass es bleiben, ich werfe alles in die Waagschale, aber ich ermahne dich - jetzt kommt der erhobene Zeigefinger - ich hoffe, du wirst sehen - wehe, wenn nicht - was deine Liebe für mich ist...

Kann man diesen Refrain so interpretieren, ist er eher negativ, oder positiv, driftet das Ganze in eine Liebesschnulze ab, oder ist es zutiefst ehrlich gemeint? Wer kann das sagen? Steve Perry vielleicht?

Ich weiß es nicht, ich will eher glauben – da ist es wieder, dieses Wort -, ich glaube, dass die geneigte Hörerin oder der geneigte Hörer selbst entscheiden muss, was diese Zeilen für sie oder ihn bedeuten, sozusagen ein Denkanstoß. Open Arms!

Die zweite Strophe:

Living without you, living alone,

this empty house seems so cold

Leben ohne dich, leben allein

Dieses leere Haus scheint so kalt

Ist es jetzt kalt in dem Haus, oder nicht? Kann sich der Protagonist nicht entscheiden? Müsste es stattdessen nicht heißen"this empty house is so cold"? Warum also? Ist es der Harmonie geschuldet, dass hier das Wörtchen „scheint" anstatt dem ehrlichen, aber harten Wort „ist" verwendet wurde? Warum wird das überhaupt in Frage gestellt? Wenn mich meine Liebe verlässt, bin ich einsam, allein, und es ist kalt. Aber natürlich, jeder Mensch empfindet anders, deshalb wird das kommentarlos stehen gelassen.

Wanting to hold you, wanting you near,

how much I wanted you home?

Ich will dich halten, ich will dich in der Nähe haben

Wie sehr will ich dich nach Hause ..etwas schwierig zu übersetzen..

Wie sehr will ich dich hier haben, daheim, zu Hause.

Ich will dich halten, ich leide, wenn du nicht da bist, wenn ich dich nicht spüre, warum? Weil die Liebe so groß ist?

Weil ich meinen Fehler, oder waren es mehrere, eingesehen und bereut habe? Vielleicht habe ich dich auch weggeschickt, rausgeschmissen aus unserem Haus, das aus Liebe gebaut war, warum auch immer. Und jetzt merke ich, es geht nicht ohne dich, ich will dich zurückhaben, hier und jetzt, am besten gleich, sofort!

But now that you've come back,

turned night into day

I need you to stay

Aber jetzt, wo du zurückgekommen bist,

wurde die Nacht zum Tag

Du musst bleiben

Also ist an diesem ersten Satz des Liedes eigentlich nichts Besonderes. Oder doch? Sehe ich es nur nicht? Ich weiß es nicht!

Und plötzlich kommst du zurück, stehst vor der Tür, bist einfach da, mein Wunsch geht in Erfüllung, das Haus ist nicht mehr kalt. Ich frage nicht nach dem wie und warum, ich lebe einfach, es wird hell in meiner Dunkelheit, denn du bist hier, bei mir.

Und du musst bleiben! Das klingt, ja, fast wie ein Befehl, oder ist es die verzweifelte Bitte einer geschundenen Seele, bleib doch, so bleib doch bitte, hier, bei mir, und geh nicht mehr fort, nie mehr, dann wird bestimmt alles gut, denn du weißt ja, ich bin hier mit offenen Armen und komme zu dir, und bitte glaube mir, was ich sage..

Der Refrain, und dann, dann ist der Song zu Ende, stopp, aus, Schluss! Das Lied klingt aus mit zarten, leisen Klaviertönen, so, wie es begonnen hat, Einleitung, Hauptteil und Schluss.

Schön, jetzt weiß ich das auch, aber das bringt mich nicht weiter auf der Suche nach dem Grund, warum mich Steve und seine Band gerade mit diesen Takten und Worten so berührt, so tief im Herzen trifft. Wo kann ich noch suchen? Wer kann mir helfen, das Geheimnis zu ergründen, die Schleier zu heben?

Ich denke, die Antwort liegt in mir, in meinem Empfinden, in meinem Erleben, in der Art, wie ich Situationen, bestimmte Stationen auf der Reise durch mein Leben erfahre, wie die Orte meines jeweiligen Verweilens beschaffen sind, an denen ich Ereignisse, Menschen, Gedanken und Musik erlebe. Hier, bei Open Arms, war es die graue Tristesse des Bahnhofs in Stuttgart-Vaihingen, an den Bushaltestellen gegenüber dem Stadtpark, an einem Morgen im März 2020, während des ersten Lockdowns, als ich den Song zum ersten Mal gehört habe.

Es gehört alles zusammen, der Moment, als mich diese Töne zum ersten Mal berührt haben, damals, als die Welt am Vaihinger Bahnhof für einen Moment stillstand.

Sie versank im tiefen Ozean meiner Gefühle, und dabei wurde ich gebrandmarkt, seitdem trage ich ein Zeichen auf meiner Seele, welches mich mein ganzes, zukünftiges Leben immer wieder daran erinnern wird, an diesen Morgen der Begegnung - Open Arms..

Und auch heute, mehr als vier Monate nach der Vereidigung von Joe Biden als 46. Präsident der Vereinigten Staaten, ist es immer noch da, in meinem Kopf, und das ist gut so. Überhaupt, und das ist etwas, was Corona an Positivem bewirkt hat, man wird ruhiger, hört genauer zu und hinterfragt. Mir geht es jedenfalls so. Als mich die Zeitkapsel letztes Jahr gefangen hat und mir Open Arms schenkte, hat sich bei mir im Laufe der langen Monate des zweiten, dritten und vierten Lockdowns ein großes Interesse an der Musik der 70er des vergangenen Jahrhunderts entwickelt. Vieles kannte ich ja schon, Rock, Pop, ja, selbst deutsche Schlager, daran ist man damals nur schwer vorbei gekommen. Aber ein Bereich ist bei mir, bis jetzt, völlig außen vor geblieben, das Singer-Songwriter-Genre mit Vertretern wie Joni Mitchel, Carole King, Jackson Browne, James Taylor und vielen anderen. Bob Dylan, Donovan und John Denver, die waren mir bekannt, aber das Tapestry von Carole King 1971 eingeschlagen hat auf dem internationalen Musikmarkt, man spricht sogar davon, dass sie eine Mitbegründerin dieses Genres ist, und, sie singt heute noch, und es ist phantastisch. Sie hat, wie viele andere Künstlerinnen und Künstler, letztes Jahr Hausmusik ins Netz gebracht, da habe ich sie auch das erste Mal gehört, mit einer Aufnahme am heimischen Klavier in ihrem Wohnzimmer von einem ihrer größten Hits, auch von der magischen Tapestry-Scheibe: So far away. Ein weiterer Song, der mich fast zum Heulen brachte, so schön und ausdrucksstark ist er. Und das alles oder wegen Corona. Diese Songs geben mir viel Kraft, es ist schwer zu beschreiben, vor fünf Wochen kannte ich die Namen noch nicht, jetzt sind ihre Songs ein Teil von mir.

Aber es ist nicht nur diese Szene, es sind auch Bands wie America, und Dire Straits, Sänger wie Don Henley oder Leonard Cohen, die in mir etwas auslösen, ins Rollen bringen, Gefühle von tiefer Sehnsucht bis Anteilnahme und Liebe. Bin ich der einzige, auf den das so eine Wirkung hat, ich weiß es nicht, und deshalb möchte ich einfach davon erzählen, von der Wirkung, von der positiven Energie, die über mich kommt, schon, wenn ich die ersten Akkorde bestimmter Songs höre. Es ist schwer, zu beschreiben, was dabei in mir passiert, wenn ich höre, was diese Künstler singen und sagen, es ist leicht, sich in die Wärme und Tiefe und Volumen der Klänge, Worte und Akkorde hineinfallen zu lassen, loszulassen und für ein paar Minuten erleben, was es heißt, in einem Klangteppich aus wunderbaren Gefühlen eingewickelt und geborgen zu sein, es fällt schwer, danach wieder mit beiden Beinen auf der Erde zu landen. Manchmal reibe ich mir danach verwundert die Augen und frage mich, was passiert mit mir? Was erlebe ich, was darf ich erleben, spüren, fühlen? Kann es wahr sein, in der heutigen Zeit zwischen WhatsApp-Nachrichten, Twittergesängen, Shitstorms im Netz und totaler Digitalisierung zwischen Inzidenzen, Impfzentren und Teststationen, kann das real sein? Und ich sage ein schlichtes, leises, aber bestimmtes und befreiendes Ja.

7

Das letzte Gewitter ist vor einer Stunde mit viel Regen im Gepäck vorüber gezogen, die Straßen sind schon wieder so trocken, dass man von dem Regen keine Spuren mehr sieht, heute an diesem Donnerstag, den 10. Juni, an dem ich meine zweite Impfung erhalten habe. Wie die Zeit vergeht, ich kann mich noch ganz genau an meine erste BioNtech-Spritze vor sechs Wochen erinnern, damals, im April, in einem Filmstudio in der Ludwigsburger Weststadt, nur heute ging es noch schneller, und ich war mit Impfstoff, aber ohne Impfbuch, das hatte ich dummerweise zu Hause vergessen, wieder draußen. Eine Bescheinigung tuts auch, hat die freundliche, junge Dame in dem grünen Impfpolo des Ludwigsburger Kreisimpfzentrums am letzten Checkpoint zu mir gesagt, als ich sie danach fragte. Mein Hausarzt kann den Eintrag nachholen. Etwas müde bin ich nach der Impfung, und beim Heimfahren bin ich ganz in Gedanken über die Schwieberdinger Straße und Möglingen gefahren und landete prompt in einem mittleren Verkehrsstau, weil an der Autobahneinfahrt Ludwigsburg Süd ein Auto gebrannt hat. Die Feuerwehr war mit vier Wagen vor Ort, die Polizei mit zwei Einsatzfahrzeugen, und der Verkehr stand, gottseidank nicht lange, nach zehn Minuten konnte ich schon weiterfahren.

Was mir bei meinem Besuch im Impfzentrum schlagartig bewusst wurde, war die Tatsache, wie sehr wir uns schon an das Maskentragen gewöhnt haben, obwohl der Anfang vor über einem Jahr relativ schwer war, wie ich mich erinnere. Das war damals im April, am 25.04., ging es los. Ein paar Tage vorher habe ich das erste Mal drüber nachgedacht.

Maskenpflicht ab nächsten Montag

Es ist etwas passiert, was es bis dahin noch nie gegeben hat: ab Montag dürfen wie nur noch mit Maske einkaufen und Bus fahren, ebenso S-Bahn und Stadtbahn. Es muss eine

Schutzmaske sein, die Mund und Nase bedeckt, es muss aber keine medizinische Schutzmaske sein, die ist dem Krankenhauspersonal und den Rettungskräften vorbehalten. Ein Schal geht auch, wenn er Mund und Nase gleichermaßen bedeckt, aber kein Wollschal, der juckt und erfüllt nicht den Zweck. Welchen Zweck? Gute Frage, werden manche sagen. Sie schützt nicht den Maskenträger, sie schützt die anderen, oder war es umgekehrt?

Spaß beiseite, ab Montag gilt es. Der Staat greift seit vier Wochen, nein, seit mehr als vier Wochen schon, massiv in dein Leben ein, setzt ein Grundrecht nach dem anderen ‚vorübergehend' außer Kraft, Versammlungsfreiheit, Religionsfreiheit – zum Schutz von uns allen. Noch nie in den letzten 60 Jahren hat der Staat so massiv unsere Rechte beschnitten, und das alles wegen einem kleinen Virus.

Auch wenn es wehtut, Existenzen bedroht und teilweise Gewalt hervorruft, so ist es doch im Moment richtig und wichtig, für dich, für mich, für uns alle, damit wir uns, hoffentlich bald wieder in den Armen liegen dürfen, wenn Corona besiegt ist, damit wir wieder feiern können und uns zusammen freuen, uns gern und liebhaben können, und das auch zeigen können, ohne Maske, mit einem Lächeln, mit einem Kuss, mit dem Austausch von Zärtlichkeiten, die sagen wollen, schön, dass du da bist.

Und jetzt, mehr als ein Jahr später, ist es fast unnormal, ohne Maske herumzulaufen. Doch es müssen seit Anfang des Corona-Jahres 2, mindestens medizinische Masken oder FFP2-Masken sein. Früher haben wir die Asiaten belächelt, wenn wir in Filmberichten aus China oder Japan die Menschen mit Masken herumlaufen sahen, niemand hätte im Traum daran gedacht, dass Europa plötzlich, quasi über Nacht, zu einem Maskenkontinent wird. Aber es ist leider so, und ab wann und unter welchen Bedingungen die Maskenpflicht wieder aufgehoben wird, das steht in den Sternen.

Wird das Corona-Gespenst jemals besiegt werden, wird es ebenfalls zu einer Geißel der Menschheit, wie Krebs mit seinen ganzen, fürchterlichen Spielarten, der uns seit Generationen bedroht, Familien auseinanderreißt, die Menschen in Not und Elend stürzt? Ist Corona nicht sogar viel schlimmer, weil es eine Seuche ist, wie die Pest im Mittelalter wütet und immer mehr Opfer fordert? Müssen wir mit dem Virus leben, so wie wir mit dem Grippe- und anderen Viren leben müssen? Corona hat eine Schneise in die jüngere Menschheitsgeschichte geschlagen, die wir hoffentlich bald wieder etwas eindämmen können, aber sie wird, und das ist eine traurige Tatsache, wohl nie mehr von uns Menschen lassen, weil sie dort, in unserer Mitte, immer wieder genügend Opfer finden wird.

Mein Arm tut ein bisschen weh, aber das ist normal, doch wenn ich aus dem Fenster schaue, geht mir schon wieder das Herz auf, hier, an meinem Lieblingsplatz. In so einer abendlichen Stunde im Frühsommer, der Himmel ist wieder fast durchgängig in ein zartes Blau gekleidet, nur ein paar ganz wenige Wolkenschleier ziehen hindurch, vor mir der Baum, dessen grünes Blätterkleid inzwischen so dicht ist, dass das Haus dahinter nur noch schemenhaft zu sehen ist. Der gelbe Baukran zeigt heute ausnahmsweise mal genau nach Westen, die Luft nach dem Regen ist klar und rein und das lange Kaminrohr aus Edelstahl an der Ecke des Hauses gegenüber, das Ockergelb gestrichen ist und am Giebel mit in Schwedenrot gestrichenen Brettern verkleidet ist, schimmert im letzten Sonnenlicht. In ein paar Minuten wird es damit vorbei sein, wenn die Sonne untergegangen ist. Der Glanz ist schon matter, wird von Minute zu Minute kleiner und ein leichter Wind bewegt das Blätterkleid des Baumes vorm Baukran. Auch das ist ein Stück Frieden.

Donnerstag, 17. Juni 2021, der bislang heißeste Tag des Jahres, die Inzidenzen liegen fast am Boden und Curevac bekommt noch keine Zulassung, Ach ja, und Deutschland spielt am Samstag gegen Portugal schon unter Endspielbedingungen, da das Auftaktspiel gegen Frankreich irgendwie verloren wurde. Die Tage fliegen nur so an mir vorbei und hinterlassen in mir einen Fußabdruck, manche stärker, manche schwächer. Wenn ich es negativ sehen wollte, würde ich sagen, ich laufe im Hamsterrad, aber es gibt einen Unterschied, es geht vorwärts und ich bleibe nicht stehen. Manchmal hätte ich gern etwas mehr Zeit zum Verweilen, gerade im Job, und einfach mal ein paar Minuten quatschen über Gott und die Welt, aber selbst das scheint im Moment in weiter Ferne. Trotzdem, ich fühle mich wohl und habe gute Laune, jeden Tag. Abends bin ich dann platt, aber da bin ich nicht der Einzige, dem es so geht, und das hat sicher nicht nur mit dem Wetter zu tun. Wir alle haben in den beiden Corona-Jahren schon Vieles erlebt, manches, auf das wir hätten gern verzichte können, manch anderes aber auch, das vielleicht erst durch diese Lockdowns erst möglich geworden ist und am Ende des Tages einen Hoffnungsschimmer auf die Menschheit wirft. So haben viele Künstler die Zeit genutzt, als sie quasi zum Hausarrest verdammt waren und haben Videos ins Netz gestellt. Ich weiß, das gab es vor 2020 auch schon, aber manche Clips haben mich zutiefst beeindruckt. Eigentlich ist „beeindruckt" das falsche Wort, das trifft es nicht, was ich dabei empfunden habe. Richtiger wäre „berührt", tief innen drin, immer traf es mich unvorbereitet. Woran liegt das, habe ich mich seitdem oft gefragt, bin ich weich geworden, und was heißt weich in diesem Zusammenhang? Ist es nicht einfach die Tatsache, dass die Natur den Gang herausgenommen hat und uns Menschen innehalten lässt, dass 2020 auf unserem blauen Planeten der Reset-Knopf gedrückt wurde und wir dadurch in eine Art Schockstarre versetzt wurden? Plötzlich gibt es keine Kneipe mehr, keine Disco, keine Familienfeier in gewohntem Kreise, alles irgendwie anders, viel kleiner, dafür umso intensiver, wer es zulässt. Ich habe den Eindruck, bei mir hat sich diese

Frage gar nicht erst gestellt, alles war plötzlich auf Empfang, manchmal wusste ich nicht, welchen Eindruck ich zuerst verarbeiten sollte und es geht mir heute immer noch so. Dafür bin ich sehr dankbar, Corona hat mir hier die Augen geöffnet und das Gesichtsfeld für ganz andere Dinge freigeräumt, die ich davor gar nicht gesehen habe. Und das geht mir nicht nur so beim Thema Musik.

Als ich letzte Jahr im Spätherbst mit zwei engen Freunden im Großen Lautertal zum Wandern war, da hat sich die Alb und das Donautal in den prächtigsten Farben präsentiert und ich konnte ich daran nicht satt sehen. Es hat ich sofort an den viel gerühmten Indian Summer in Neuengland erinnert, dass als eines der größten Naturschauspiele auf der Welt gefeiert wird.

Doch das ist bei uns eigentlich nicht anders, im Gegenteil.

Es fühlt sich an wie ein Hauch im Wind, wie ein Rascheln im herbstlichen Wald, wenn hier in der schwäbischen Provinz, der „Indian Summer" beginnt.

Warum nach Kanada, hier zwischen Asperg, Tamm und Bissingen, haben wir das auch. Nur wird es nicht so wahrgenommen wie drüben, hinter dem großen Teich.

Generationen von Dichtern und Schriftstellern haben sich schon daran versucht, diese Stimmung dort mit Worten zu beschreiben, wenn sich der Ahorn von sattem Grün in Hunderte Rot- und Brauntönen färbt, so als ob vom Himmel roter Regen auf die Welt an den großen, amerikanischen Binnenmeeren gefallen ist und die Natur sich alle paar Stunden in ein anderes Farbenkleid wirft, „catwalk nature" oder so...um das bisher vergossene Purpur, das Braun, das Umbra und Gelb der Blätter noch an Brillanz immer wieder zu übertreffen, bis das Laub schließlich ermattet zu Boden sinkt.

Aber wenn man ganz genau hinschaut, auf die Bäume des heimischen Rothenacker Waldes, zwischen Markgröningen und Tamm, mit Ausläufern bis fast nach Bissingen, hinunter zum „Enzblick", dann sieht man einen schwäbischen „Indian Summer", der seinem großen Bruder weiter westlich, am anderen Ende der Welt, in nichts nachsteht.

Was die Natur uns jedes Jahr um diese Zeit schenkt, eine Sinfonie der Farben, vermählt mit einem wunderbaren Licht, gleich einer Explosion der Sinne, ist unglaublich, unverdient, aber unendlich schön.

Solche Gedanken gehen mir immer wieder durch den Kopf, das heißt jetzt nicht, dass ich keine Sehnsucht mehr nach der Ferne, nach meinem geliebten Schottland oder der grünen Insel im Nordwesten habe, aber die letzten Monate haben irgendwie meinen Blick geschärft für die ganz kleinen und doch so riesig großen Wunder, die sich fast täglich vor unseren Augen abspielen, nur, wir sehen sie nicht, leider. Warum eigentlich? Hat es mit dem „Schneller, Höher, Weiter" zu tun, nach dem die Menschheit seit geraumer Zeit strebt, dass nichts wichtiger ist als der eigenen Erfolg und das Maximieren von Geld und Macht? Ist das die menschliche Natur, oder ist das gegen die menschliche Natur? Wir haben das Maß aller Dinge verloren, und dann kam Corona und hat Stopp gesagt. Aber ich habe nicht wirklich das Gefühl, dass wir den Wink mit dem großen Zaunpfahl der Natur verstanden haben und hier passt diese Zitat, ich weiß nicht, wer es gesagt hat und in welchem Zusammenhang, der Mensch braucht die Natur, aber die Natur kann auf den Menschen gut verzichten, auch wenn er sich, bescheiden wie er ist, als Krone der Schöpfung bezeichnet. Dabei geht es hier doch um etwas ganz anderes. Was macht uns Menschen aus? Was ist menschlich? Wer ist menschlich? Mir fallen dazu viele Geschichten ein, die ich in den letzten anderthalb Jahren erlebt habe, Episoden, die mich back to the roots führen, wie zum Beispiel diese Geschichte.

Ich habe sie Corona Tales genannt, und in den Sinn gekommen ist sie mir letztes Jahr im März, als plötzlich einige Dinge des täglichen Lebens, wie zum Beispiel Toilettenpapier und Teigwaren zu Mangelwaren und dadurch rationiert wurden.

Corona Tales…, diese Worte gehen mir gerade nicht mehr aus dem Kopf. Heute Morgen beim Einkaufen… komische Stimmung bei Lidl: Regale schon wieder zum größten Teil leergeräumt, es gibt kein Toilettenpapier, es zieht die Leute magisch an, ich will, ich auch, ich nehme noch einen Packen mit. Vereinzelt höre ich Fragen, meistens die gleichen, durch die Ladengänge hallen „Wie, nur eine Packung, das kann nicht sein, Unverschämtheit" Hamsterkäufe, Nudeln sind auch rationiert, später, bei REWE, die Kassiererin, nimmt eins von meinen zwei Päckchen vom Kassenband, ruhig, aber bestimmt, macht sie mich darauf aufmerksam - nur eine Packung pro Person - „Das wusste ich nicht, sorry", steht aber an den Regalen, sagt sie, die Kassiererin.

Die Frauen und Männer vom Einzelhandel, die Azubis, Verkäuferinnen und Verkäufer, sortieren, füllen auf, helfen den Kunden, ohne Pause, ohne Klage, sie nehmen alles hin, und arbeiten bis zur Erschöpfung, die Briefträgerinnen und Briefträger auf ihren gelben und blauen Rädern, sie sind immer unterwegs, tagaus, tagein, die Paketzusteller, alle sind für uns unterwegs. Damit wir es guthaben, alles haben, damit uns nichts fehlt, schnell noch bei Amazon bestellt, natürlich Prime Time Lieferung. Was fehlt der Briefträgerin, bekommt sie ein Dankeschön von uns, der Verkäufer, der Azubi, der in seiner Freizeit noch schnell die Regale auffüllen muss. Erkennen wir diese Leistungen an, sehen wir sie überhaupt, wertschätzen wir die großen Leistungen im Krankenhaus, in der Notfallrettung, im Krankentransport, bei der Polizei, beim THW, und wenn ja, zeigen wir das auch und wie…?

Die Regalauffüllerin bei REWE arbeitet stumm vor sich hin, viele Leute drängen sich an ihr, in möglichst großem Abstand vorbei. Sie hat kurz ein Lächeln auf ihrem Gesicht, als ein Kunde sich bedankt, als sie Platz macht, um ihn vorbei zu lassen.

Bei Lidl schleppt eine Verkäuferin große Obstkisten herum, sie stapelt sie auf einer Palette, fährt damit aus dem Lager in den Verkaufsraum, lädt ab, räumt ein, fährt wieder ins Lager und holt die nächsten Kisten, jeden Tag, mindestens fünf Mal in der Woche, ohne Pause, für wenig Geld.

Das sind unsere Helden des Alltags, ohne sie könnten wir nicht existieren, und jetzt legen sie alle noch eine Schippe drauf, für dich, für mich, für uns alle.

Lasst uns Dank sagen, nein, lasst uns den Dank zeigen, immer wieder, durch ein freundliches Wort, eine Geste, ein Lächeln, lasst sie uns wertschätzen.

Denn sie sind unsere wahren Helden, nicht nur bei Corona, sondern jeden Tag!

Doch wie ist es inzwischen? Alles normalisiert sich langsam, die wahren Helden in der Pandemie, die drohen wieder in Vergessenheit zu geraten, wie sehr hat man die Menschen geehrt und in den Himmel gelobt, die in der Pflege arbeiten, jeden Tag, jede Nacht, man muss da was tun, das muss mehr honoriert werden, eine gerechtere Entlohnung muss her. Doch was ist jetzt? Man kann sich nicht einigen, die großen Erfolge, die man feiern wollte, verkümmern zu Lachplatten der Nation, wieder nichts, es ist ja Superwahljahr, da gibt es andere Prioritäten, aber ändern muss man etwas. Blablabla, leere Worthülsen, die in den modernen Gladiatoren-Arenen, den Talkshows zum Besten gegeben und am nächsten Tag zu Grabe getragen werden. Am Ende verlieren immer die gleichen, müssen immer die aufräumen, die eh schon am unteren Ende der Nahrungskette stehen. Wird sich das nie ändern? Ich bin Optimist, ich glaube immer noch an das Gute im Menschen, deshalb gebe ich die Hoffnung nicht auf. Im Herbst ist Bundestagswahl und es könnte sich, zum ersten Mal seit langer Zeit, tatsächlich etwas ändern, ich hoffe es, ich will es, und doch kann ich es nicht alleine ändern. Auch mit dieser Entscheidung werden wir leben müssen, doch die Chancen für Change Management stehen gut.

Freitag, 02. Juli, und der Sommer ist irgendwo, nur nicht hier. Starkregen, tennisballgroße Hagelkörner, Zerstörung, überflutete Keller, keine Aussicht auf Honig, aber die Sieben-Tage-Inzidenz liegt bei 4,0! Eigentlich sollte ich mich darüber freuen, aber ich kann es irgendwie nicht. Es ist, als ob über allem ein grauer, zäher Schleier der Unsicherheit liegt, wie geht es weiter, müssen wir Angst haben vor der nächsten Welle, kommt der fünfte Lockdown, ist die Delta-Variante wirklich so schlimm, und die Corona-Hilfen des Bundes für Luftfilter in Höhe von 500 Mio € können von den Schulen kaum abgerufen werden, weil der Materialnachschub für die Installation fehlt,…Corona!

Wo driftet die Menschheit hin, in diesem zweiten Corona-Jahr? Jeder sehnt sich nach Normalität, doch wo können wir diese Normalität finden? Bei den ganzen Bestimmungen und x-fach geänderten Corona-Verordnungen fällt es schwer, den Überblick zu behalten. Was ist richtig, was ist falsch? Auf welche Erkenntnisse soll sich die Politik stützen, wie die Balance finden zwischen dem , was notwendig ist aus medizinischer Sicht und dem, das die Menschen jetzt genug haben und wieder leben wollen, wer soll noch vor die Bürgerinnen und Bürger treten und die zu ergreifenden Maßnahmen erklären, wo wir doch alle langsam erklärungsresistent sind? Gestern Mittag bin ich nach zwei Besprechungsterminen noch völlig in Gedanken, in die Kantine gegangen, um mein Mittagessen zu holen. Schon bevor ich die Tür aufmachte, hörte ich Stimmen und Geschirrklappern. Was ist da los, denke ich mir? Die Kantine war voller Menschen, die ganz normal ihre Mittagspause verbrachten, in dem sie in der Kantine an Tischen sitzen und essen. Völlig in Gedanken habe ich mich automatisch dazu gesetzt. Dann ist mir die Lösung eingefallen. Vor lauter Infos und Mails hatte ich verdrängt, dass im Intranet die Mitteilung stand, ab 01.07. ist unter den geltenden Hygieneregeln die Kantine wieder geöffnet. Trotzdem fühlte es sich irgendwie komisch an, nach mehr als einem halben Jahr wieder hier zu sitzen und nicht an seinem Schreibtisch, um sein Mittagessen einzunehmen. Normalität, fühlt sich irgendwie anders an, ich muss mich erst wieder daran gewöhnen, das wird dauern. Doch werde ich überhaupt die Zeit dazu haben, bevor die nächsten Einschränkungen kommen, ich weiss es nicht, will auch gar nicht darüber nachdenken, sondern einfach nur erleben, was es heißt endlich wieder etwas in Gemeinschaft zu tun und nicht alleine. Irgendwie geht mein Verstand noch nicht mit, hängt noch irgendwo in den Corona-Untiefen der letzten Wochen und Monate, aber muss ich eigentlich alles mit dem Verstand begreifen, muss ich kognitiv damit umgehen, was aktuell passiert, oder darf ich einfach nur spüren, was gerade passiert? Die Deutschen sind bei der EM rausgeflogen im Achtelfinale gegen England, und Robin Gosens, ein nach seinen eigenen Aussagen spät berufener Fußballprofi und Held des Portugalspiels, der letztes Jahr bei seinem norditalienischen Verein Atalanta Bergamo die Coronahölle in der Lombardei miterlebte, hat ein Buch geschrieben mit dem Titel „Träumen lohnt sich", ein Fußballer, der unter die Schreiberlinge gegangen ist, was geht da ab? Nein, ich muss nicht alles durchdenken und nach dem Warum fragen, ich darf mich darüber freuen und tue es auch. Die Welt verändert sich rasant, und wir sind mittendrin. Fluch oder Segen? Wer kann diese Frage, wer will dies Frage beantworten? Ich zumindest nicht. Ich lebe und erlebe diese Tage und staune manchmal wie ein kleines Kind, das zum ersten Mal in seinem Leben einen Regenbogen sieht. Die Fähigkeit, wie ein Kind zu staunen und die Welt zu nehmen, so wie sie ist, ohne Wenn und Aber, geht im Laufe des Lebens, wenn wir älter werden, zunehmend verloren, weil unser Verstand schärfer, unser Wissen prägnanter und mehr wird, und wir als Erwachsene die Eigenschaft entwickeln, alles erklären und begreifen zu wollen, auch das, was eigentlich nicht erklärbar ist. Dabei gibt uns die Welt so viele Beispiele dafür, dass es nicht immer nur auf das Denken ankommt, auf unser Denken, die Natur spielt sich vor unseren Augen ab, ohne dass wir einen großen Einfluss darauf haben.

Auch wenn wir durch unser Handeln und Tun die Welt immer mehr verschmutzen, so entscheiden wir am Ende trotzdem nicht, wann ein Blatt am Baum grün wird oder wann eine Rosenblüte sich zu einer Schönheit vor unseren Augen entfaltet. Wir bestimmen nicht die Jahreszeiten, der Herbst kommt, wann er will und wie er will. So wie letztes Jahr, als es sich anfühlte wie ein Hauch im Wind, wie ein Rascheln im herbstlichen Wald, hier in der schwäbischen Provinz, als der „Indian Summer" begann.

Warum nach Kanada, hier zwischen Asperg, Tamm und Bissingen, haben wir das auch. Nur wird es nicht so wahrgenommen wie drüben, hinter dem großen Teich.

Generationen von Dichtern und Schriftstellern haben sich schon daran versucht, diese Stimmung dort mit Worten zu beschreiben, wenn sich der Ahorn von sattem Grün in Hunderte Rot- und Brauntöne färbt, so als ob vom Himmel roter Regen auf die Welt an den großen, amerikanischen Binnenmeeren gefallen ist und die Natur sich alle paar Stunden in ein anderes Farbenkleid wirft, „catwalk nature" oder so...um das bisher vergossene Purpur, das Braun, das Umbra und Gelb der Blätter noch an Brillanz immer wieder zu übertreffen, bis das Laub schließlich ermattet zu Boden sinkt.

Aber wenn man ganz genau hinschaut, auf die Bäume des heimischen Rothenacker Waldes, zwischen Markgröningen und Tamm, mit Ausläufern bis fast nach Bissingen, hinunter zum „Enzblick", dann sieht man einen schwäbischen „Indian Summer", der seinem großen Bruder weiter westlich, am anderen Ende der Welt, in nichts nachsteht.

Was die Natur uns jedes Jahr um diese Zeit schenkt, eine Sinfonie der Farben, vermählt mit einem wunderbaren Licht, gleich einer Explosion der Sinne, ist unglaublich, unverdient, aber unendlich schön. Und wir können, Gottseidank, nichts dagegen tun. Unser Verstand hat hier keine Macht, unser Wissen nützt nicht viel, es passiert, weil es passiert.

In der Ausbildung spricht man von drei Lernbereichen, kognitiv, psycho-motorisch und affektiv. Kognitiv bedeutet, etwas zu verstehen und danach zu handeln, weil man das Wissen hat. Psychomotorisch ist sozusagen mit dem Händen verstehen und arbeiten, affektiv ist das innere Verständnis, warum ich etwas tue, die Identifikation mit dem eigenen Handeln, die auf der Empfindung beruht, das Richtige zu tun. Die Kinder überlegen nicht was sie tun, sie machen es. Wir Erwachsene überlegen lange, manchmal zu lange, bevor wir etwas tun. Ein wenig mehr Kind würde jedem Erwachsenen gut tun.

Draußen verschwinden langsam die letzten Wolken, und zarter, blauer Himmel dehnt sich aus und wölbt sich über der Erde. Ein Anblick, der in den letzten Tagen gefehlt hat. Alles wirkt friedlich und still an diesem Freitagmorgen, nur ein paar Vögel zwitschern. Ich will nicht schon wieder darüber nachdenken, sondern einfach nur ein wenig zur Ruhe kommen und leben in dieser verrückten Zeit im zweiten Corona-Jahr.

8

Es gibt einen neuen Corona-Song für mich. Es ist anders als damals vor über einem Jahr, als ich Steve Perry zum ersten Mal mit ‚Open Arms' gehört habe. Der ist gleich eingeschlagen, ohne Vorwarnung, jetzt und hier ist er in mich eingedrungen und geblieben, wie eine Wolke aus Tönen und Empfindungen, die mich einschließt, durchdringt und da bleibt. Diesmal ist es passiert, weil es passieren musste, irgendwie. Ab fangen wir von vorne an. Von einem engen Freund bekam ich Tipps für Musik aus den 70ern, an denen man nicht vorbeikommt. Die Szene hörte auf den Namen Singer-Songwriter, ich weiß nicht, ob dieser Ausdruck oder diese Bezeichnung wirklich treffend ist oder anders gesagt, ob man diese Art von Musik so einfach mit zwei Wörtern beschreiben kann. Ich glaube es nicht, für mich ist es viel komplexer, was damals so abgelaufen ist, so, als ob sich die Musik nach Woodstock neu orientieren, neu erfinden muss.

In der Rockmusik lieferten Deep Purple 1970 mit ‚Deep Purple in Rock' einen Meilenstein der Musikgeschichte ab, stieß das Tor zum Hard Rock ganz weit auf, eine ganze Generation von Rockbands und Heavymetal-Formationen folgte ihren Spuren. Und dieser Trip hält immer noch an, dieses Rockvirus lebt, schon wieder bin ich bei einem Virus… Aber es gab auch noch andere, nicht ganz so neue, aber ausgereiftere Musikrichtungen, die nicht unpopulärer waren, aber andres verliefen. Eine Richtung, vielleicht ist das nur eine Randerscheinung am Musikhorizont gewesen, ich bin kein Musikwissenschaftler, ich mutmaße nur, verband klassische Elemente der Songs der Liedermacher mit Elementen wie Klavier und Background-Vocals und die Sängerinnen und Sänger selbst verfügten über teils sehr gute Stimmen. Beispiele dafür sind sicherlich, um nur ein paar zu nennen, James Taylor, Carole King und Jackson Browne. Und da haben wir dann schon die Musterriege, deren Songs ich in den letzten Wochen wieder und wieder angehört habe. Die Musik ist eher ruhig, ja fast getragen, und die Grundstimmung ist slow, langsamer und mitunter sehr einfühlsam, doch ganz anders als zum Beispiel Journey. Diese Songs erzählen Geschichten, Geschichten von Menschen, von Gefühlen, von verpassten Chancen, von Freud und viel Leid. Da es seit einiger Zeit meine Gewohnheit ist, bevor ich schlafen gehe, noch etwas Musik über Spotify zu hören, bin ich eines Abends auch auf die dazu passenden Musikvideos oder Live-Mitschnitten von Konzerten gestoßen. Viele Künstler haben letztes Jahr, tief im Lockdown, kleine Videos aus ihrem Wohnzimmer ins Netz gestellt, haben zum Durchhalten aufgerufen und so ein Stück Hoffnung verbreitet. Dabei stieß ich auf ein Video von Carole King, inzwischen fast 80(!) Jahre alt, in dem sie nach ein paar einfühlsamen Worten ihren Song ‚So far away' interpretierte am E-Klavier. Das war sehr beeindruckend und ich wollte mehr von ihr hören und sehen. Der Song ist von einem Album ‚Tapestry' von 1971. Auf diesem Album befindet sich auch ‚you've got a friend' und diese Song, ja, wie soll ich das beschreiben, der ging mit ins Herz. Er handelt von Freundschaft und ‚Für einander da sein' und ist nicht nur sehr schön gesungen, sondern liefert auch eine wunderbare Musik. Carole sitzt am Flügel und performed alleine oder mit anderen, aber immer trägt sie die Melodie mit ihrer unvergleichlichen Stimme, die mir eine Gänsehaut auf den Rücken zaubert. Der Song wurde auch von James Taylor gecovert und millionenfach verkauft. Und diese Lied gibt es noch immer, wurde immer und immer wieder von Carole gesungen, es gibt teilweise wunderbare Versionen. Vor ein paar Jahren hat selbst Lady Gaga mit ihrer unbeschreiblichen Stimme und ihrem Gefühl für Musik und Stimmungen ‚You've got a friend' gesungen, es ist unbeschreiblich. Diese Musik ist so anders wie ‚Open Arms', so völlig anders, aber es wirkt bei mir genauso stark. Ich fühle diesen Song, wiege mich im Klang der Musik, spüre die starke Botschaft, die so einfach und komplex ist wie das Leben selbst, Freundschaft. Und dann in Zeiten wie dieser, mitten in Corona, kommen diese Zeilen her und tragen, tragen und stärken und trösten und lieben. Mein Corona-Song Nummer 2.

Der Himmel ist grau, schwere Wolken hängen über den Häusern, ab und zu ein blauer Himmelsfetzen zwischen den tristen Wolkengebirgen, ein Vogel fliegt schnell vorbei, so, als ob er ahnt , was vielleicht bald kommt, und deshalb den Turboflugmodus nach Hause in sein Nest eingestellt hat. Es ist kein Leuchten in der Luft, so, als ob die Wolken der Sonne nicht gestatten, ihre wärmenden Strahlen auf die Erde zu schicken. Daran müssen wir uns wohl gewöhnen, an die drastischen Wetterumschwünge, auch im Sommer, und die hohen Temperaturunterschiede, die binnen kurzer Zeit uns heimsuchen und das Leben schwieriger und das Wetter weniger berechenbarer machen. Aber wir leben im Hier und Jetzt, wir wissen nicht, was kommt, und die Gegenwart kann uns verzaubern mit ihrem Charme, der seinesgleichen sucht. Aber man muss sich darauf einlassen und nicht immer rumjammern und rummäkeln am Wetter, an der Arbeit, an den Staus auf den Autobahnen rund um Deutschlands Stauhauptstadt Nummer 1, Stuttgart. Der Stau am Stuttgarter Kreuz kann noch so groß sein, die Situation gleich danach am Leonberger Dreieck teilweise grotesk anmuten, das sind Zustände, die ma nicht so einfach ändern kann, wenn man an der Abbiegespur am Kreuz Richtung Heilbronn zwischen den LKWs steht und nichts mehr vorwärts geht, weil es auf der Karlsruher Autobahn wieder einmal geknallt hat, hoffentlich keine Verletze oder gar Tote, und sich der Verkehr auf deiner Spur staut, obwohl du nicht in diese Richtung fährst, sondern der ganze Verkehr in diese Richtung und auf die A 81 sich ein paar Kilometer schwarzgraues Asphaltband teilen, bevor sie bei Leonberg wieder auseinandergehen. Und hier stand ich gestern nach einem langen Arbeitstag, die Sonne schien mir ins Gesicht und plötzlich habe ich Töne gehört bei SWR 1, die ich bewusst schon jahrelang nicht mehr gehört habe. Kult, absoluter Kult, der erste Blues als Teenager, dieser Song, der, wenn du ihn einmal gehört hast, wahrscheinlich nie mehr vergessen kannst, wenn du diese Art von Musik magst. Die magischen Gitarrenklänge von Carlos Santana, die in vielen, wunderbaren Songs von ihm zu hören sind, aber in einem ganz besonders. Wenn ich die ersten paar Töne von ‚Samba Pa Ti' höre, dann versteift sich mein Rücken, die Nackenhaare stellen sich auf, meine Augen weiten sich und die Ohren gehen bis zum äußersten Anschlag, und das geht so, seit ich dieses Lied zum ersten Mal vor über vierzig Jahren zum ersten Mal gehört habe. Musik, die innerhalb der Zeitdauer eines gedachten Wimpernschlags die Situation zwischen den Brummis und Autos in der großen Blechlawine Richtung Engelbergtunnel mit einem Schlag vergessen lässt. Mein Mund öffnet sich zu einem wissenden Lächeln, ich denke an das Mädchen, mit dem ich damals zu Carlos Musik getanzt habe, es war in einer Tanzschule in Lauf, einer netten, mittelalterlichen Kleinstadt

nördlich von Nürnberg, wo ich sieben Jahre zur Schule gegangen bin und meine Jugend verbracht habe. All das fiel
mir in diesen Sekunden gestern Abend ein und der Stau und
der lange Arbeitstag waren für fünf Minuten Geschichte. Ich
durfte tanken, unerwartet, vielleicht unverdient, aber mit
vollem Herzen. Der Stau war danach nicht weg aber ich
konnte ihn besser ertragen, und die Zeit bis zu meiner Ausfahrt Ludwigsburg Süd war gefühlt kürzer geworden. Das
ist die Gegenwart, das sind die kleinen Wunder, die uns helfen, diese verrückte Zeit besser zu verkraften, die es möglich
machen, trotzdem das Leben zu genießen , zu fühlen, was
Leben heißt und zu spüren, das es Wunder auf diesem
blauen Planeten gibt. Im Outdoorbereich geistert seit einiger
Zeit das Wort ‚Mikroabenteuer' durch die Magazine, viele
schwören darauf, das Abenteuer vor der Haustür, klein, einfach mal wandern gehen, im Wald übernachten, wenn es
geht, vor der Haustür und nicht weit weg in Südamerika o-
der auf den Malediven, Corona lässt grüßen. Ich füge dem
noch ein Wort hinzu: Mikrowunder, die du erleben kannst,
wenn du dich öffnest und auch nach links und rechts
schaust, die Welt steckt voller kleiner Wunder, die von dir
entdeckt werden wollen. Lass es geschehen, gehe mit ihnen
auf die Reise, lass dich verzaubern, es geht, und dann erlebst
du vielleicht ein kleines bisschen von dem Land, von dem
Hartmut Engler immer wieder singt, aber du musst dazu
nicht weggehen, denn diese Land ist ganz nah bei dir, ja, es

lebt von deiner Fantasie und von deinem sich fallen lassen, tu es, mach es, jetzt sofort!

Und seit gestern ist Italien Europameister, bei einer Meisterschaft, wie es wohl noch keine zweite gegeben hat und wahrscheinlich auch nie mehr geben wird, wie ein Offizieller der UEFA unlängst bei einem Interviewe gesagt hat. Bei einer EM, bei der manche Mannschaften bis zu 10.000 Kilometer von einem Austragungsort zum nächsten fliegen musste, während andere fast vor ihrer Haustüre spielen konnte, das wäre kein Fairplay und wird deshalb nicht wiederholt. England weint und Italien feiert. Ich bin absolut kein Fußballfan, aber da kam schon Mitleid auf mit den jungen englischen Kickern, die ihre Elfmeter verschossen haben.

Alles ist irgendwie verrückt, das Wetter, auch heute wieder, am 12. Juli in diesem zweiten Corona-Jahr, der Himmel grau und wolkenverhangen, es ist schwül, 26 Grad Celsius am frühen Abend, ich bin müde, wollte eigentlich endlich mal wieder joggen gehen, neu beginnen, aber ich komme nicht in die Gänge. Ich bin zu träge, das gebe ich zu, ich habe leichte Kopfschmerzen, der Tinnitus plagt mich wieder, aber ich weiß, ich jammere auf hohem Niveau. Das muss nicht sein, vielleicht sollte ich einfach mal wieder länger schlafen. Ich fühle mich gerade wie in Trance, ich kann es gar nicht recht beschreiben, ein Schwebezustand, der mich aber nicht wirklich davonträgt, sondern eher innehalten lässt? Ein

Warten, und wenn ja, auf was? Es kribbelt in meinen Fingern, ich habe das Gefühl, ich muss jetzt losrennen und was aber noch nicht, wohin. Es passiert soviel im Moment, soviel Positives, und teilweise geht es so schnell, dass ich kaum mithalten kann. Ich erlebe hautnah eine Aufbruchstimmung, geht es anderen außer mir auch so, gerade jetzt, in diesem Moment? Was passiert mit mir? Ich weiß es nicht, aber will ich es wirklich wissen? Brauche ich das ganze Wissen, für wen, für was, sind wir Menschen nicht Gefühlskreaturen, ich weiß, jeder ist anders, aber unterscheidet uns nicht gerade das von anderen Schöpfungen? Emotionen, wie gestern bei den Italienern und den Engländern, Emotionen, die mitunter sehr tief gehen können, mit der Fähigkeit, ein Leben entscheidend zu verändern, im positiven, wie auch im negativen Sinn. Beides gehört dazu, ein gesunder Verstand, um das Leben meistern zu können und offene Augen und Ohren, um die Wunder dieser Welt spüren zu können. Es gibt Zeiten, da hat die Ratio absolut die Oberhand, dann gibt es aber wieder Zeiten, in denen wir erleben, mit allen Sinnen genießen. Wir brauchen das eine, wie das andere..

Zeitfracht Medien GmbH
Ferdinand-Jühlke-Straße 7
99095 Erfurt, Deutschland
produktsicherheit@kolibri360.de